Elaine

108
CONTOS E
PARÁBOLAS
ORIENTAIS

mama mia !

em Buda

[assinatura]

MONJA COEN

108
CONTOS E PARÁBOLAS ORIENTAIS

 Academia

Preparação: Paula Nogueira
Revisão: Andrea Caitano e Hires Heglan
Diagramação: Lilian Queiroz
Capa: © Compañía
Imagem de capa: © Michel Filho/Agência O Globo

CIP-BRASIL. CATALOGAÇÃO NA PUBLICAÇÃO
SINDICATO NACIONAL DOS EDITORES DE LIVROS, RJ

C622c

  Coen, Monja 1947-

        108 contos e parábolas orientais / Monja Coen. - 1.
  ed. - São Paulo : Planeta, 2015.

        ISBN 978-85-422-0635-7

        1. Vida religiosa - Zen-budismo. 2. Budismo - Parábolas.
  I. Título: Cento e oito contos e parábolas orientais.

  15-27333   CDD: 808.8

                                                    CDU: 801.8

2017
Todos os direitos desta edição reservados à
EDITORA PLANETA DO BRASIL LTDA.
Rua Padre João Manuel, 100 – 21º andar
Edifício Horsa II – Cerqueira César
01411-000 – São Paulo-SP
www.planetadelivros.com.br
atendimento@editoraplaneta.com.br

Sumário

Introdução

As histórias aqui recontadas são verdadeiras. Episódios vivenciados por praticantes e monásticos, preservados em livros e anais da Índia, China e Japão. Alguns deles são chamados de koan, que literalmente significa proclamação pública, como quando um imperador mandava afixar em praça pública seus éditos imperiais.

Durante o processo de prática espiritual, os Koans têm sido usados para facilitar o rompimento entre as ideias da realidade e a própria realidade. É preciso vivenciar a vida, e não apenas falar sobre a realidade, filosofar e, muitas vezes, se perder.

Há pessoas que se consideram religiosas, mas que destratam pessoas, plantas e animais. Outras se dedicam à meditação e abandonam suas atividades de manutenção e sustentação da vida. A função dos mestres, das mestras, dos orientadores e das orientadoras é perceber quando e onde a pessoa que pratica está presa. O uso de Koans ajuda a libertar o ser das suas próprias amarras.

Há uma antiga tradição chinesa, fundada pelo mestre Rinzai (falecido em 867), que sistematizou o uso de Koans para que todos e todas as praticantes passem pelas barreiras do próprio eu e, por meio de séries preestabelecidas e sucessivas de Koans, tornem-se capazes de autenticar seu estado de iluminação perfeita.

A minha tradição é outra. Chama-se Soto Zen Budismo e também teve sua origem, com esse nome de escola meditativa, na China antiga. Na Soto Zen, os Koans não são geralmente utilizados de forma sistêmica, mas aleatoriamente, e apreciados por meio das obras de nossos fundadores japoneses – mestre Eihei Dogen (1200-1253) e mestre Keizan Jokin (1264-1325). Ambos deixaram obras nas quais comentavam casos antigos, como o *Denkoroku* (Anais da Transmissão da

Luz), compilado pelo mestre Keizan, um dos principais livros de estudos da Soto Zen. Há também uma antologia das falas do mestre Dogen aos praticantes, feita por seu discípulo sucessor, Koun Ejo. Esse pequeno livro, chamado *Shobogenzo Zuimonki* (Anais do que Foi Ouvido), era o primeiro livro de leitura e estudos que minha superiora usava para orientar as noviças.

Assim, a minha escolha para este livro se baseou em leituras, aulas e palestras sobre o *Shobogenzo* (Olho Tesouro do Verdadeiro Darma), bem como no *Shinji Shobogenzo* (Verdadeiros Caracteres do Shobogenzo) – 301 Koans, compilados por mestre Eihei Dogen quando esteve praticando na China nas primeiras décadas de 1200 e que aparecem em outros anais antigos.

Há ainda casos de um grande mestre, conhecido como "lábios zen", pela habilidade em usar livremente a palavra e levar as pessoas ao despertar. Mestre Joshu (778-897) dizia: "Se um menino de 7 anos souber mais do que eu, vou pedir por seus ensinamentos. Se um homem de mais de 100 anos souber menos, vou instruí-lo".

Também selecionei alguns Koans do *Hekiganroku* (Anais do Penhasco Azul), *Shoyoroku* (Livro da Equanimidade) e *Mumonkan* (Portal sem Portas), talvez os três anais de Koans mais conhecidos e usados por praticantes zen do Oriente e do Ocidente, amplamente traduzidos e comentados desde o século XIII.

Minha proposta é apresentar um livro de fácil leitura, compreensão e interpretação, deixando de lado os aspectos mais intrincados dos estudos zen. Quero lembrar, porém, que os casos ou Koans são mais do que anedotas de interesse histórico ou filosófico. São anais vivos de gerações de prática iluminada.

Aqui apresento apenas alguns casos, sem os poemas, comentários iniciais e frases finais que geralmente os acompanham nos anais citados. Muitos deles foram apresentados a mim por meus mestres durante aulas, palestras, meditações e encontros pessoais. Nos Estados Unidos, meu mestre de ordenação, o falecido Koun Taizan Hakuyu Daiosho (Maezumi Roshi, fundador do Zen Center de Los Angeles), havia selecionado 100 Koans iniciais, e todos os praticantes do ZCLA passamos por eles.

Seus comentários e palestras sobre outros Koans são notórios, pois era um grande apreciador da obra máxima de mestre Eihei Dogen, chamada *Shobogenzo*, na qual muitos casos são mencionados. Maezumi Roshi também praticou com um mestre da tradição Rinzai (Koryu Roshi) e acreditava que o uso de Koans facilitava o processo do despertar.

Quando cheguei ao Mosteiro Feminino de Nagoya, tanto nossa superiora-geral, Aoyama Shundo Docho Roshi, como meu falecido mestre de transmissão dos ensinamentos, Zengetsu Suigan Daiosho (Yogo Roshi), discursaram inúmeras vezes sobre vários dos casos aqui selecionados.

Espero que esta compilação singela e despretensiosa provoque em você — leitora e leitor — o anseio pelo encontro profundo e verdadeiro com sua própria natureza. E que, da apreciação, reflexão, estudo e meditação sobre esses contos, você seja capaz de acessar a mente desperta e torná-la cada vez mais sua, mais íntima, mais clara.

Que os méritos se estendam a todos os seres e que possamos nos tornar o Caminho Iluminado.

Mãos em prece,

Monja Coen

Agradecimentos

Declaro aqui minha dívida de gratidão ilimitada a Xaquiamuni Buda e Mahaprajapati, o fundador histórico do budismo e a primeira monja histórica. Sem eles, nenhum desses casos seria contado e recontado.

Agradeço a todos e todas as praticantes da Índia, China e Japão, por onde os ensinamentos passaram e de lá hoje se espalham por todo o mundo.

A meus mestres de ordenação, treinamento e transmissão, bem como a todas as pessoas que acreditam no caminho do despertar da mente para a construção de uma cultura de paz, justiça e cura.

Agradeço à Editora Planeta, que insistiu para que eu escrevesse este livro, e a todos os que facilitaram minha vida para que eu pudesse me sentar e apreciar mais uma vez as histórias antigas e sábias.

Agradeço a toda a vida do céu e da Terra.

1 Mu

Um monge perguntou ao mestre Joshu:
— O cão tem natureza Buda?
O mestre respondeu:
— Mu.

•

Esse é geralmente o primeiro Koan que se dá a um praticante. Foi o primeiro que recebi quando praticava no Zen Center de Los Angeles, depois de haver me estabelecido na prática de meditação sentada.

Esse Koan é chamado de primeira barreira. Disse o mestre Mumon:

— Se não ultrapassar esta barreira, se não cortar o caminho do pensar, você será como um fantasma se agarrando a arbustos e ervas daninhas.

Como ir além do pensar? Como se tornar um ser verdadeiro e não uma sombra de si mesmo, um fantasma que se agarra a coisa frágeis e supérfluas?

Mestre Joshu é um dos mais celebrados mestres da China antiga. Viveu de 778 a 897. Aos 17 anos de idade teve sua primeira experiência zen e ensinou até morrer, aos 120 anos de idade.

O jovem monge que o procura está realmente decidido a compreender o que é natureza Buda, o que é o sagrado.

Vamos lembrar que cães na China antiga não eram os animais que hoje colocamos dentro de casa — alguns até dormem em nossos sofás ou camas. Eram os animais chamados "imundos". Comiam fezes, restos humanos.

O jovem monge quer saber o que muitos de nós queremos saber: o bandido, o estuprador, o corrupto, o degolador de pessoas, o sádico, a pessoa má, os seres dos infernos, o "imundo" tem natureza divina, sagrada, natureza iluminada, natureza Buda? Não é assim que questionamos? Estariam os céus e os seres benéficos pairando acima dos odores fétidos das nossas perfídias?

O mestre, percebendo que o momento de maturidade havia chegado, não perde tempo com explicações e exclama apenas:

— Mu.

O que significa esse "mu"? A palavra em si, em caracteres chineses e leitura japonesa, quer dizer "não". Entretanto, o mestre não está negando que o cão tenha natureza iluminada. Esse "mu" é muito maior que uma negação. Houve outros momentos em que outros monges o questionaram e ele respondeu o oposto: "yu".

Mas a realidade está além do ser e do não ser. Como atravessar essa barreira? Se ficarmos presos às palavras, nos perderemos.

Tudo o que existe é a natureza Buda se manifestando. Em toda parte, em tudo e em todos. Onipresente. Onisciente.

Minha superiora no Mosteiro Feminino de Nagoia, Aoyama Shundo Docho Roshi, ao receber irmãs beneditinas da Europa em nossa clausura, disse a elas:

— Talvez o que vocês chamem de Deus, nós chamamos de natureza Buda.

Então, a pergunta do monge vai se esclarecendo. Ele quer saber se Deus está também no sujo, no mal, nas impurezas dos seres. Por que permitiria o sofrimento, a dor, a maldade? O mestre, de compaixão ilimitada, apenas murmura: "Mu".

Certa feita, perguntaram a Buda qual seria a causa primeira, já que em seus ensinamentos tudo o que existe é uma trama de causas, condições e efeitos. Buda silenciou. Ele não negou. Silenciou.

Em outra ocasião, respondeu:

— A mente humana é limitada para compreender o ilimitado.

No budismo não se reza a Deus. Mas os padres e madres do deserto também não o fazem. Certa ocasião, um padre do deserto (ordem católica de padres e madres reclusos que fazem voto de silêncio e vivem em solidão, nas suas celas) conseguiu uma licença especial para ficar alguns dias em nosso Zen Center de Los Angeles. Pouco antes de voltar ao seu mosteiro, pedimos que nos falasse um pouco sobre sua prática e ele, entre outras coisas, disse:

— Nós sabemos Deus. Como podemos pedir qualquer coisa? Como podemos reclamar e querer fazer trocas com o Criador? Nossas preces são apenas para bendizer o céu, o sol, a lua, a vida.

Diferentemente de mestre Joshu, estou colocando mais palavras na sua cabeça. Apenas penetre e se torne a própria natureza Buda, pratique "Mu".

Esclareça o pensar, o não pensar e vá além do pensar e do não pensar.

"Ficar arruinado e sem-teto", expressão de mestre Joshu ao despertar, é perder a identidade criada pelos condicionamentos, é abandonar ideias e conceitos sobre o bem e sobre o mal. Ao adentrar a mente una, saboreie o manjar celestial em cada gota d'água, em cada grão de arroz.

Aprecie "Mu". Aprecie a "natureza Buda". Aprecie "mestre Joshu". Aprecie o monge.

Aprecie a sua vida!

2 Joshu e o Grande Caminho

Certa vez, um homem encontrou Joshu, que estava ocupado varrendo o pátio do mosteiro. Feliz com a oportunidade de falar com um grande mestre, o homem, imaginando conseguir de Joshu respostas para a questão metafísica que o atormentava, perguntou:

— Oh, mestre! Onde está o Caminho?

Joshu, sem parar de varrer, respondeu:

— O caminho passa ali fora, depois da cerca.

— Mas — replicou o homem, meio confuso — eu não me refiro a esse caminho.

Parando seu trabalho, o mestre olhou para ele e disse:

— Então, de que caminho se trata?

O outro falou, em tom místico:

— Falo, mestre, do Grande Caminho!

— Ahhh, esse! — sorriu Joshu. — O Grande Caminho segue por ali até a capital. — E continuou a varrer.

•

Mestre Joshu (778-897) era discípulo de outro grande mestre zen, Nansen Fugan (748-835). Teve sua experiência mística antes dos 20 anos de idade e morreu com quase 120 anos. Era conhecido pelas palavras diretas e simples. Comentavam que o Zen brilhava em seus lábios. Jamais se perdia em explicações metafísicas.

A realidade precisa ser experimentada. O Grande Caminho está manifesto nas atividades simples da vida diária — varrer o jardim, por exemplo.

O homem que o procurava queria ter uma conversa filosófica e profunda com o mestre, mas Joshu não era um mestre de discursos e muitas palavras. Sempre foi um monge ativo, honrando a linhagem a que pertencia.

Essa linhagem era conhecida como a da iluminação súbita, baseada nos ensinamentos do Sexto Ancestral, o famoso Daikan Eno — que de simples lenhador se tornou o responsável pela Escola Soto Zen. Duas gerações depois dele surgiram outros dois grandes mestres: Baso Doitsu (709-788) e Sekito Kisen (700-790).

No período de 750 a 900, a maioria dos professores budistas reverenciava a Escola Zen, na China. O professor de Joshu, Nansen, era discípulo de Baso, conhecido por seus ensinamentos severos e diretos, como no caso de Hyakujo e dos patos.

Estamos comentando eventos dentro de uma mesma família.

3   As perguntas do rei Milinda

Durante uma conversa, o rei Milinda, que questionava sobre os ensinamentos de Buda, perguntou ao sábio Nagasena:

— O que é o samsara?

Nagasena respondeu:

— Ó grande rei, aqui nascemos e morremos, lá nascemos e morremos, depois nascemos de novo e de novo morremos, nascemos, morremos... Ó grande rei, isso é samsara.

Disse o rei:

— Não compreendo. Por favor, explique com mais clareza.

Nagasena replicou:

— É como o caroço de manga que plantamos depois de comer a fruta. Quando a grande árvore cresce, ela dá frutos, as pessoas os comem para, em seguida, plantar os caroços. E dos caroços nasce uma grande mangueira, que dá frutos. Desse modo, a mangueira não tem fim. É assim, grande rei, que nascemos aqui, morremos ali, nascemos, morremos, nascemos, morremos. Grande rei, isso é samsara.

•

Em outro momento, o rei Milinda perguntou:

— O que renasce no mundo seguinte (depois da morte)?

Nagasena responde:

— Depois da morte nascem o nome, a mente e o corpo.

O rei perguntou:

— É o mesmo nome, a mesma mente e o mesmo corpo de agora que nascem depois da morte?

— Não é o mesmo nome, a mesma mente e o mesmo corpo que nascem depois da morte. Esse nome, essa mente e esse corpo criam a ação. Pela ação, ou carma, nascem outro nome, outra mente e outro corpo.

Noutro momento, o rei Milinda passeava à beira de um lago coberto por flores de lótus e refletia sobre os ensinamentos de Buda. Uma dúvida surgiu e ele pediu que chamassem Nagasena. Quando Nagasena chegou, o rei perguntou:

— O que resta quando o eu desvanece?

Nagasena, comovido, apontou para o lago coberto de lótus. O rei Milinda despertara.

•

"As perguntas do rei Milinda" é um texto de 100 a.C. e tem sido extensivamente estudado pelos budistas, principalmente do sul da Ásia.

As perguntas do rei são as perguntas de muitas pessoas que se aproximam do budismo pela primeira vez. As respostas de Nagasena clarificam perfeitamente os ensinamentos de Xaquiamuni Buda, com analogias bem compreensíveis.

"Samsara é Nirvana", escreveu mestre Eihei Dogen, fundador da ordem Soto Zen Shu, no século XIII, no Japão.

Vivemos neste mundo de samsara, de nascimento, velhice, doença e morte. E, dessa onda cármica que criamos por meio de ações, palavras e pensamentos repetitivos, surgem outros nascimentos, velhices, doenças e mortes, sucessivamente. Não são os mesmos, mas não estão separados dos anteriores nem dos posteriores.

Podemos girar na roda de samsara indefinidamente, passando pelos seis mundos: dos seres celestiais (onde nada falta, estão todos sempre felizes e satisfeitos), dos asuras (espíritos guerreiros, sempre procurando brigas e atritos), dos humanos (com nossos altos e baixos, alegrias e tristezas), dos animais (vivendo apenas de forma instintiva), dos espíritos famintos (sempre reclamando, sentindo falta, nada é suficiente) e dos seres infernais (onde tudo falta, todos estão sempre infelizes, sofrendo).

Durante uma hora de vida podemos percorrer todos os seis mundos de samsara. Não necessariamente em vidas distintas. Mas cada instante de vida é também único e jamais se repete. Sendo causado e condicionado pelo carma, o passado torna-se causa e condição do carma por vir a ser.

Se despertarmos para a natureza transitória de tudo o que existe, para a interdependência de cada ação, pensamento e palavra e formos capazes de nos libertar da ideia de um "eu", nos livramos do sofrimento, da ansiedade, do culpar e penetraremos o Nirvana.

Nirvana é o extinguir, o cessar das oscilações da mente, do espírito. É o cessar das dúvidas e da confusão. É o clarificar a verdade e o caminho. É a libertação. Originalmente a palavra significa cessar o fogo por falta de madeira, de combustível. Cessar o fogo das paixões pelo aquietar da mente. Não colocar mais lenha na fogueira.

Mestre Dogen insistia sempre com seus discípulos que "samsara é nirvana" e "prática é iluminação". Isso não significa fugir do samsara, procurar encobrir sentimentos e emoções. Não significa matar o ego, expressão usada erroneamente em relação ao budismo. Não há nada a matar, a destruir. Há o que compreender.

Somente seres humanos são capazes de compreender o samsara e penetrar o nirvana, dizia Buda. Portanto, não devemos perder esta oportunidade. Não precisamos deixar para a próxima existência. Nesta vida de agora podemos alcançar a libertação.

Quando o eu desvanece, o não eu se manifesta. E tudo é assim como é.

O lago de flores de lótus onde o rei Milinda conversa com Nagasena está mais próximo de você do que a unha de seu dedo. Flores de lótus crescem em águas lamacentas e são puras, imaculadas. A sujeira nelas não se assenta.

"O que acontece quando não há mais um eu?" A sensação de um eu separado é delusão. Não há um eu fixo ou permanente que passe de uma vida a outra. O processo vida-morte ou nome-forma é incessante, como explicou Nagasena ao rei Milinda. Não é o mesmo ser que volta à vida, mas tudo o que causamos nesta existência fará com que outra vida se manifeste.

Como as ondas no mar. Todas são água salgada. Causas e condições formam uma determinada onda. Ela pode se considerar separada do oceano? A onda tem começo, meio e fim. Entretanto, conforme tenha se comportado enquanto onda, criará causas e condições para a onda seguinte. Já não é mais a mesma, mas também não está separada da água do mar. E assim sucessivamente.

Quando penetramos a sabedoria perfeita (prajna paramita), podemos nos libertar de toda dor e sofrimento, pois sabemos que nada possui uma identidade fixa ou permanente. Sofremos e deixamos o sofrimento passar. Alegramo-nos e deixamos a alegria passar. Tudo flui através do processo incessante de causas-condições-efeitos na interdependência do surgir e desaparecer.

Podemos, sim, influenciar a vida, em vida, criando causas-condições-efeitos de compreensão profunda e de ternura ilimitada. Esses são os princípios da sabedoria e da compaixão. Os alicerces da transformação de samsara em nirvana.

4 Fazer o bem

Na China antiga, havia um monge zen que, para evitar ador-
mecer durante o zazen (meditação sentada), decidiu fazer
sua prática sentando-se nos galhos de uma árvore. Assim,
se perdesse a atenção, cairia. Tornou-se conhecido pela sua
singularidade, e muitas pessoas vinham pedir a ele ensina-
mentos e conselhos.

Ora, nessa mesma área existia um poeta célebre, Sakuraten,
que, ao tomar conhecimento da fama do monge, decidiu ir
testá-lo. Assim que chegou e o encontrou em zazen, no galho
da árvore, falou:

— Tome cuidado, monge, é perigoso. Um dia o senhor po-
derá cair.

— Talvez — respondeu o monge —, mas o senhor corre
maior risco do que eu.

Sakuraten refletiu:

— Com efeito, vivo no mundo, controlado pelas paixões.
— Perguntou, então: — Qual é a verdadeira essência dos
ensinamentos de Buda?

O monge respondeu:

— Não faça o mal. Faça o bem. Faça o bem a todos os seres.

— Mas até uma criança de 3 anos sabe disso! — exclamou
o poeta.

— Sim, mas é uma coisa difícil de ser praticada até mesmo
por um velho de 80 anos... — completou o mestre.

•

Até uma criança de 3 anos sabe, mas mesmo uma pessoa de 80 anos não consegue pôr em prática os Três Preceitos Puros do budismo, também chamados de Três Preceitos de Ouro ou Regras de Ouro — comuns a todas as tradições espirituais.

Nunca fazer o mal.

Sempre fazer o bem.

Sempre fazer o bem a todos os seres.

Alguns de nós queremos fazer o bem apenas a nós mesmos ou a algumas pessoas escolhidas, queridas, próximas. Sair desse círculo pequeno e entrar no grande círculo, onde cada criatura é respeitada e tem direito à vida com qualidade, é a base dos ensinamentos de Buda.

Certa feira perguntaram a Xaquiamuni Buda, o Buda histórico, que viveu na Índia há mais de 2.600 anos:

— Como saber, mestre, o que é fazer o bem e não fazer o mal? As situações mudam. O que parece ser o bem numa ocasião pode ser o mal em outra.

E Buda respondeu:

— Se o que você for fazer levar o maior número de pessoas à verdade, será o bem. Se afastar as pessoas da verdade, será o mal.

Queremos um manual, muitas regras para nos sentirmos protegidos e saber como agir. Tomar responsabilidade por nossas escolhas é mais difícil e até temeroso. Entretanto, se conseguirmos compreender em profundidade as Regras de Ouro e as pusermos em prática em nossa vida, tudo ficará mais simples e harmonioso.

Faça o seu melhor, procure a perfeição em si mesmo para chegar à excelência e trate todos os seres da maneira como quer ser tratado — com respeito e inclusão.

5   Gokito

Certa ocasião, um senhor foi visitar um mosteiro zen e pediu ao abade:

— Mestre, venho pedir uma prece para mim, um Gokito de longa vida. Tenho visto a morte levar muitas pessoas conhecidas e próximas. Sei que também deverei morrer um dia. Portanto, por favor, faça um Gokito para eu viver por muito tempo.

— De acordo. Fazer um Gokito para viver muito tempo não é difícil. Quantos anos o senhor tem?

— Apenas 80.

— Ainda é jovem. Diz um provérbio japonês que até os 50 anos somos como crianças e que, entre os 70 e os 80, precisamos amar.

— Concordo plenamente. Então o senhor me fará o Gokito?

— Até que idade quer viver?

— Por mim, basta chegar até os 100 anos de idade.

— Seu desejo, na verdade, não é muito grande. Para chegar aos 100 anos, só precisa viver mais 20. Não é um período tão longo assim. E, sendo o meu Gokito muito exato, sua morte será exatamente aos 100 anos.

Amedrontado, o homem falou:

— Não, não! Melhor orar para que eu viva 150 anos!

— Atualmente, tendo chegado aos 80, já viveu mais da metade do prazo que deseja. A escalada de uma montanha exige grande soma de esforços e tempo, mas a descida é rápida. A partir de agora, seus derradeiros 70 anos passarão como um sonho.

— Nesse caso, peço para viver 300 anos!

O monge respondeu:

— Como seu desejo é pequeno! Somente 300 anos! Diz um provérbio antigo que os grous[1] vivem mais de mil anos e as tartarugas, 10 mil. Se animais podem viver tanto assim, como é que o senhor, um ser humano, deseja viver apenas 300 anos?

— Tudo isso é muito difícil... — tornou o homem, confuso.

— Para quantos anos de vida pode ser feito um Gokito?

— Quer dizer, então, que o senhor não quer morrer? Que atitude egoísta... — replicou o mestre.

— Bem, tem razão... — respondeu o ancião, constrangido.

— Assim sendo, o melhor é fazer um Gokito para não morrer.

— Sim, é claro! E pode ser? Esse é o Gokito que eu quero! — falou o senhor, animado.

— É muito caro, muito, muito caro, e leva muito tempo...

— Não faz mal — concordou o homem.

O mestre então disse:

— Começaremos hoje entoando apenas o Makka Hannya Haramita Shingyo (Sutra[2] do Coração da Grande Sabedoria Perfeita). Em seguida, todos os dias, o senhor deverá vir fazer zazen no templo. Pronunciarei, então, palestras em sua intenção.

Dessa maneira, de forma suave e indireta, o monge conseguiu fazer com que o homem deixasse de se preocupar com o dia de sua morte e o conduziu à prática dos ensinamentos do Darma de Buda.

•

Gokito é uma prece feita para as coisas da vida humana. Diferentemente das orações fúnebres ou em memória de

---

1. Grous são aves de cerca de 1 metro de altura e as chamadas *grus japonensis* têm o corpo e as asas brancas, parte do pescoço e ponta das asas preta e um capuz vermelho. Suas imagens são usadas em cerimônias de congratulações e simbolizam harmonia e longevidade, assim como as tartarugas.
2. Sutras, ou sastras, se referem aos sermões dados por Buda ou por seus discípulos sobre os ensinamentos. A palavra significa uma linha na qual as palavras são colocadas como flores, formando um sentido.

falecidos, o Gokito é rezado bem alto e rápido, geralmente acompanhado por tambores e sinos fortes.

Usam-se os 600 volumes encadernados do Dai Hannya Haramitsu (Sutra da Grande Sabedoria Perfeita), que são revolvidos por vários monges simultaneamente, enquanto o oficiante principal revolve um dos volumes especiais. Ao final, pede que tudo de nefasto seja afastado para que o solicitado pelos fiéis possa vir a acontecer.

São rituais fortes e há algum tempo especializados, no Japão, como no Mosteiro de Daiyuzan Saijoji, onde meu mestre de transmissão, Yogo Roshi, foi abade. Pude ficar alguns meses nesse mosteiro e aprendi a fazer o Gokito com todos os monges de lá — uma exceção que meu mestre abriu, visto ser um mosteiro masculino onde, até então, as monjas não subiam na plataforma em que o Gokito é realizado; ficavam sentadas próximo às pessoas laicas. Precisei me esforçar muito recitando os sutras com grande rapidez, como de um só fôlego, para oferecer essa energia aos pedidos dos que vinham ao templo.

Na história acima, o senhor de 80 anos está com medo de morrer. Apegado ao seu corpo e à vida, vem solicitar ao abade que faça uma reza forte para que viva eternamente. O abade, usando de sabedoria, tenta fazê-lo perceber a insensatez de seu pedido. Em vão. Então usa o meio expediente caridoso: vamos orar e meditar, estudar os ensinamentos, e sua vida será eterna.

Que bonito! Se realmente compreendermos a impermanência e vivermos de forma digna, no momento de morrer não teremos medo nem arrependimentos.

Buda, aos 80 anos de idade, adoentado, caminhava com seus alunos em direção ao reino onde nascera, quando teve de parar e fez seu último sermão. Orientou seus discípulos a se manterem firmes nos votos e princípios dos ensinamentos e, ao final, disse:

— Quem não se alegra em se libertar dessa coisa chamada corpo?

Há um momento para viver e um momento para morrer, embora saibamos que em cada instante inúmeras formas de vida nascem e morrem, bem como células em nosso corpo. Há o momento da morte, do despedir-se deste corpo, dos relacionamentos. Mas é como a onda do mar, que deixa de ser onda mas continua sendo água salgada.

Quando assim o compreendemos, percebemos que morrer não é perder a vida. É retornar à origem.

6   Tigelas

Certa vez um discípulo perguntou ao mestre Joshu:
— Mestre, por favor, o que é o despertar?
Joshu respondeu:
— Você já terminou de comer?
— Sim, mestre, terminei.
— Então, vá lavar suas tigelas!

•

Estar presente e atento às atividades do momento. Ser capaz de responder com adequação e assertividade às necessidades verdadeiras. Nada além disso.

Despertar é acordar do sonho de um eu separado. É servir com alegria e força. É não escolher nem afastar. Ao surgir uma ação, age. É não se considerar mais importante, mais inteligente, melhor do que a tarefa para a qual é solicitado. É estar disposto a fazer o que tem de ser feito da melhor maneira possível e tratando com respeito tudo o que existe.

Quando eu era jovem praticante no Zen Center de Los Angeles, com pouco mais de 30 anos de idade, fui servir ao mestre como atendente pessoal de sua casa e sua família. O mestre era casado e tinha, na época, uma filha pequena de 5 anos e um bebê de poucos meses.

Cabia a mim preparar a alimentação do mestre, limpar a parte de baixo da casa, ajudar com as crianças. Também regava o jardim, guiava o carro sempre que o mestre precisasse sair. Estava em todas as sessões de meditação, de liturgias. Escrevia cartas, chamava pessoas, servia chá. Era muito ocupada.

Depois do almoço, o mestre dormia por meia hora aproximadamente. Era o tempo que eu tinha para costurar meus hábitos monásticos.

Certo dia, ao limpar a mesa do escritório do mestre, encontrei um texto em inglês que foi muito importante para mim. O título era: "Água é vida".

Apenas uma página curta, do então reitor da Universidade de Komazawa, em Tóquio, o professor doutor Yasuaki Nara. Essa universidade é um grande centro de estudos e pesquisas budistas, e o reitor nessa época era um grande amigo de meu mestre. Ele, com muita simplicidade e clareza, escrevia que água é vida e por isso precisa ser respeitada. Isso foi no final dos anos 1970.

Eu nunca havia refletido sobre a água antes. A partir da leitura daquele texto curto e singelo, passei a fechar a torneira ao escovar os dentes, a ter muito cuidado ao trocar a água dos inúmeros vasos de flores e a ser mais econômica em meus banhos. Toda a minha prática de vida se transformou. E entendi, com muita clareza, a frase de mestre Joshu sobre o despertar: "Terminou de comer? Vá lavar as tigelas".

7   Presente de insultos

Certa vez existiu um grande guerreiro. Embora idoso, ainda era capaz de derrotar qualquer desafiante. Sua reputação estendeu-se longe e amplamente através do país e muitos estudantes reuniam-se para estudar sob sua orientação.

Um dia um infame jovem guerreiro chegou à vila. Ele estava determinado a ser o primeiro homem a derrotar o grande mestre. Junto à sua força, ele possuía uma habilidade fantástica em perceber e explorar qualquer fraqueza em seu oponente, ofendendo-o até que este perdesse a concentração. Ele esperaria então que seu oponente fizesse o primeiro movimento, e assim revelando sua fraqueza, atacaria com força impiedosa e velocidade de um raio. Ninguém jamais havia resistido a ele além do primeiro movimento.

Contra todas as advertências de seus preocupados estudantes, o velho mestre alegremente aceitou o desafio do jovem guerreiro.

Quando os dois se posicionaram para a luta, o jovem guerreiro começou a lançar insultos ao velho mestre. Ele jogava terra e cuspia em sua face. Por horas, verbalmente ofendeu o mestre com todo o tipo de insulto e maldição conhecidos pela humanidade.

Mas o velho guerreiro meramente ficou parado ali, calmamente.

O jovem guerreiro ficou exausto.

Percebeu que tinha sido derrotado, e fugiu envergonhado.

Um tanto desapontados por não terem visto seu mestre lutar
contra o insolente, os estudantes perguntaram:

"Como o senhor pôde suportar tantos insultos e indigni-
dades?

Como conseguiu derrotá-lo sem ao menos se mover?"

"Se alguém vem para lhe dar um presente e você não o acei-
ta," o mestre replicou, "para quem retorna este presente?"

•

Não aceitar os insultos que nos fazem é uma arte. Geralmente nos ofendemos e ao ficarmos ofendidas reagimos.

Toda a prática do Zen é o treino de compreender nossos
condicionamentos e, ao invés de reagir, agir. Escolher nossa
resposta. Para tanto precisamos estar centradas, equilibradas,
capazes de conhecer a nós mesmas e não nos intimidarmos
com insultos e grosserias.

No cristianismo talvez seja a expressão de "dar a outra
face", ou seja, jamais responder a agressão com agressão.

No momento em que nada abalou o mestre, este venceu.

•

Quando jovem fui estudar Karate-Do.

Certa ocasião havia um grande campeonato. Na nossa aca-
demia de Karate-Do havia um jovem brasileiro, loiro, de pernas longas, que era um faixa preta excelente. Nós todos fomos
assistir ao combate. E ele estava ganhando muito bem, até
o momento em que foi atingido pelo seu oponente de forma
imprópria. Não houve a desqualificação e a luta continuou.
Entretanto, ao final, nosso campeão perdeu.

Surpresos nos aproximamos de nosso mestre para saber
por que ele fora reprovado. E o mestre disse:

"Ele perdeu quando ficou com raiva. O outro deu um golpe
proibido e sangrou o seu nariz. Invés de continuar a lutar
com arte e frieza, ficou bravo e quis revidar, quis mostrar
que era melhor. Foi aí que perdeu."

•

Eu tinha cerca de 21 anos de idade. Foi a primeira vez que me dei conta de que a habilidade física não é nada sem o controle mental. Essa talvez seja a arte mais difícil de se conquistar.

8 Kantaka e a teia de aranha

Kantaka era um homem mau. Sem a menor piedade, matava e roubava. Não perdoava nem mesmo filhotes recém-nascidos, tal a sua maldade.

Certo dia, estava passando por uma estrada e viu uma aranha no chão. Pela primeira vez na vida, ele se desviou da aranha e a deixou viver. Ele que, desde criança, arrancava as pernas dos insetos e esmagava quem estivesse à sua frente.

Kantaka morreu, e seu carma prejudicial era tanto que ele foi imediatamente para os reinos de grande sofrimento. Não estava só. Havia um grande número de outros seres sofrendo calores terríveis e frios medonhos. Física e mentalmente perturbados. Assim sofria Kantaka o resultado de todas as suas más ações, quando, de repente, viu uma aranha descendo por um fio de prata. A aranha se aproximou de Kantaka e o convidou a subir pela sua teia.

— Mas é muito fina e frágil — hesitou ele.

— Tente — disse a aranha. — Você não pisou em mim quando estava caminhando na estrada. Por causa dessa boa ação sou capaz de levá-lo a um local melhor do que este.

Sem mais nada a perder, Kantaka se agarrou àquele finíssimo fio e começou a subir. Estava contente. Ia se livrar dos infernos. Nisso, sentiu o fio tremer. Olhou para baixo e outros seres em sofrimento tentavam se agarrar à teia da aranha. Temendo que

o fio não aguentasse outras pessoas, Kantaka começou a chutar
a cabeça dos que tentavam subir. E o fio se partiu.

•

Há dois aspectos importantes a considerar nessa história budista antiga. A primeira é sobre a lei da causalidade, também chamada lei do carma. Isso parece comum em muitas tradições espirituais, com nomes e analogias diferentes. Para toda ação repetitiva, haverá uma reação. Como marcas de rugas na face. Se sorrimos sempre de certa maneira, ou franzimos o cenho para forçar o olhar, nossa pele vai criando sulcos. Quanto mais repetirmos as contrações musculares, mais fundos se tornam os sulcos, e a tendência é que se repitam e se aprofundem mais e mais. Se quisermos interromper o processo, teremos de fazer um grande esforço para modificar a utilização dos músculos da face.

Esse é um exemplo simples para esclarecer os princípios da lei do carma. Carma em si quer dizer ação. Pode ser benéfico, maléfico ou neutro. Pode ser individual ou coletivo. Pode ser fixo ou não fixo.

Há muitas possibilidades e também muitos enganos sobre o que é carma. Alguns o consideram um destino fixo e determinado, mas nem sempre é assim. Podemos modificar nosso carma individual mudando a nós mesmos. Podemos modificar o carma coletivo mudando a nós mesmos e influenciando outras pessoas por meio de nosso comportamento, exemplo e ensinamentos.

Podemos produzir carma benéfico e não receber seus efeitos por muito, muito tempo, mas inevitavelmente chegarão. Podemos produzir carma maléfico e também demorar a receber seus efeitos, mas eles virão. Carma do passado, do presente e do futuro não estão separados. O que fazemos pode alterar o passado e o futuro.

O segundo aspecto é sobre a força, o poder do arrependimento. Arrepender-se significa transformar-se, metanoia. Não é apenas pedir desculpas ou receber o perdão de alguém. É mais do que isso: é assumir a responsabilidade e se comprometer a mudar. Esses são os elementos-chave para abrir a porta do carma.

Quando nos arrependemos verdadeiramente, entramos em grande pureza. Mas como é difícil!

Sempre que produzimos carma prejudicial, queremos culpar alguém, alguma situação externa — que pode ir desde a família, amigos, relacionamentos mais próximos até estranhos distantes, como os governantes deste ou de outros países. Podemos culpar Buda. Alguns monoteístas culpam até mesmo Deus. Entretanto, assumir a nossa responsabilidade pelos nossos erros e falhas é o único caminho.

No budismo, as causas de nosso carma prejudicial são a ganância, a raiva e a ignorância — três venenos que podem se misturar causando outras emoções e sentimentos prejudiciais a nós e à vida de outros seres. Portanto, é preciso estar atento e não se deixar envenenar. Usar os antídotos da doação, da compaixão e da sabedoria para evitar o carma prejudicial e produzir o carma benéfico.

Kantaka, da história budista antiga, é vítima de si mesmo. Estaria no mundo do sofrimento enquanto seu carma prejudicial ainda existisse. No momento em que fez uma boa ação, poderia se abrir para ele a possibilidade do fim do sofrimento. Entretanto, ainda não era capaz de querer o bem dos outros seres. Estava tão centrado em si mesmo, que perdeu a oportunidade de se salvar.

O contrário também pode acontecer. Alguém que tenha feito boas ações e vá para os reinos celestiais, onde nada falta e todos são felizes. Entretanto, se quando estiver nesse reino um pequeno sentimento de ciúme ou inveja surgir, imediatamente perderá os céus.

A lei é inexorável e impessoal. Quem fizer o bem receberá o bem. Quem fizer o mal receberá o mal. Se houver arrependimento haverá um abrandamento. Se houver sabedoria, haverá libertação.

9 Sem pressa

Um discípulo foi ao seu mestre e disse fervorosamente:
— Eu estou ansioso para entender seus ensinamentos e atingir a iluminação! Quanto tempo vai demorar para eu obter esse prêmio e dominar esse conhecimento?
A resposta do mestre foi casual:
— Uns dez anos...
Impacientemente, o estudante completou:
— Mas eu quero entender todos os segredos mais rápido do que isso! Vou trabalhar duro! Vou praticar todos os dias, estudar e decorar todos os sutras. Farei isso dez ou mais horas por dia! Nesse caso, em quanto tempo chegarei ao objetivo?
O mestre pensou um pouco e disse suavemente:
— Vinte anos.

•

Minha superiora no Mosteiro Feminino de Nagoya costumava dizer:
— São necessários dez anos para se formar uma monja. Vinte anos para se tornar uma professora e trinta, para uma mestra.

Queremos atalhos. Queremos pular etapas. Afinal, somos especialmente dotados: mais inteligentes, mais devotos, mais hábeis. Entretanto, no Caminho de Buda, não há atalhos. Tentar pular etapas fará apenas ter de recomeçar.

Cinco anos é o tempo mínimo de prática intensiva em vida comunitária (mosteiro, templo, centro de prática) para a iniciação monástica. Depois outros cinco para se estabelecer como um verdadeiro monge ou monja. Tornar os ensinamentos a realidade de sua vida. Vestir o hábito e jamais o despir.

Para se tornar um professor ou professora do Darma, ser capaz de instruir e acompanhar outras pessoas nessa jornada, serão necessários outros dez anos de prática com um grupo de outros professores e mestres. Então, depois de vinte anos de prática incessante, a pessoa pode iniciar seu grupo de seguidores. Ainda frágil, ainda se consultando com mestres antigos. Continuando no caminho correto, quando tiver cerca de trinta anos de vida monástica ou prática laica, quiçá possa adentrar o caminho dos mestres e das mestras.

Logo, *sem pressa, mas com urgência* — como sempre me instruiu o reverendo Junnyu Kuroda Roshi, do templo Kirigaya, em Tóquio, precisamos seguir o caminho passo a passo. Mesmo correndo muito forte e rápido, sempre será um pé depois do outro. Uma etapa depois da outra.

10   A espada e a cerimônia do chá

Um mestre da cerimônia do chá, no Japão antigo, certa vez ofendeu um samurai, ao distraidamente desdenhá-lo quando ele pediu sua atenção. O mestre rapidamente pediu desculpas, mas o altamente impetuoso samurai exigiu que a questão fosse resolvida em um duelo de espadas.

O mestre de chá, que não tinha absolutamente nenhuma experiência com espadas, ficou arrasado. Lembrou-se de um amigo, praticante zen, também grande conhecedor da arte da espada. Convidou-o a tomar chá. Quando o amigo chegou, já tinha tudo preparado para a cerimônia. A água fervia na temperatura correta e a sala estava impecável.

Enquanto o mestre de chá fazia a cerimônia, o praticante zen notou que ele executava sua arte com perfeita concentração e tranquilidade.

— Amanhã — disse —, quando for duelar com o samurai, prepare-se assim, como se fosse fazer uma cerimônia de chá. Tranquilo e sereno. Quando seu oponente chegar, segure a espada sobre sua cabeça, como se estivesse pronto para desferir um golpe e encare-o com a mesma concentração e tranquilidade com a qual executa a cerimônia do chá.

No dia seguinte, na exata hora e local escolhidos para o duelo, o mestre de chá seguiu o conselho. O samurai, pronto para um duelo, olhou por muito tempo em silêncio para a face atenta porém suave e calma do mestre de chá. Finalmente, sem nem mesmo sacar a espada, pediu desculpas pelo mal-entendido e se foi.

Uma das características de um mestre de chá, no Japão, é que deve ter passado algum tempo em um mosteiro zen. Os líderes das escolas de chá, chamados de iemoto, passam pelo menos um ano em um mosteiro zen, como monges. Obrigados ao zazen, à faxina e às entrevistas com o mestre, devem penetrar o universo dos Koans e compreender o próprio eu.

Isso os coloca no que chamo de presença absoluta.

A cerimônia do chá tem várias implicações — desde limpar e preparar a sala de forma impecável, até servir com respeito e dignidade quem estiver na sala. É uma arte muito apreciada também pelos samurais. Foi desenvolvida por um monge zen chamado Sen no Rikyu.

Nas salas de chá é proibida a entrada de espadas, e o silêncio só deve ser quebrado para que se fale o essencial. Nenhum gesto ou atitude supérfluos são permitidos. Portanto, é de admirar que o mestre de chá dessa história tenha ofendido um samurai. Mas tudo pode acontecer.

Nobunaga, grande general do Japão medieval, apreciava a arte do chá, mas competia com o monge Sen no Rikyu de tal maneira que acabou pedindo sua cabeça. Assim, podemos entender o samurai ofendido com o mestre de chá e o duelo.

Um samurai jamais pode tirar a espada da bainha sem a usar. Com certeza, deve ter ficado surpreendido ao ver o mestre de chá com a espada desembainhada esperando-o. Compreendeu que seria vergonhoso para ele, um grande samurai, duelar com um mestre de chá.

Aquela troca de olhares em que o mestre se mostrava sem medo, tranquilo, calmo, fez com que o samurai percebesse que ele não o temia, pois era inocente.

Será que podemos enfrentar as diversas situações que a vida nos apresenta com a tranquilidade e a serenidade de um mestre de chá?

Sem medo e sem expectativas. Apenas presente e tranquilo, o Caminho.

11   Com fome, coma

Um jovem monge perguntou ao mestre Joshu:
— Mestre, o que é o despertar, a iluminação?
O mestre replicou:
— Quando estiver com fome, coma. Quando estiver cansado,
durma.

•

Antigamente era comum aos jovens monges sair em pere-
grinação à procura de um mestre. Alguns já se consideravam
iluminados e outros realmente se questionavam sobre o que
seria esse estado iluminado.

Mestre Joshu era famoso, reconhecido como um mestre
iluminado. Muitos vinham, de todas as partes da China, para
testar o mestre.

Esse jovem monge não era diferente. Esperava, talvez, uma
resposta didática, erudita. Mestre Joshu, em sua profunda
compaixão, mostrou o caminho com simplicidade. Com fome,
coma. Com sono, durma.

Parece tão simples, mas nem sempre fazemos isso. Nem
sempre ouvimos nossas necessidades. Estamos com sono e,
em vez de dormir, comemos. Estamos com fome e, em vez
de comer, bebemos. Assim, trocando uma coisa pela outra,
perdemos a sabedoria.

Atualmente as telas dos computadores têm uma luminosi-
dade que se assemelha à luz do dia. Antes de dormir, resolvo

abrir o computador para ver minha agenda do dia seguinte. E lá se vai o sono.

A iluminação, o despertar está em sermos capazes de compreender nossas necessidades verdadeiras.

12   Apenas duas palavras

Havia um mosteiro muito rígido. Seguia um estrito voto de silêncio, a ninguém era permitido falar. Mas havia uma pequena exceção a essa regra: a cada dez anos os monges tinham permissão de falar apenas duas palavras. Após passar seus primeiros dez anos no monastério, um jovem monge obteve permissão para ir falar ao Superior.

— Passaram-se dez anos — disse o monge Superior. — Quais são as duas palavras que você gostaria de dizer?

— Cama dura... — disse o jovem.

— Entendo... — replicou o monge Superior.

Dez anos depois, o monge retornou à sala do Superior.

— Passaram-se mais dez anos — disse o Superior. — Quais são as duas palavras que você gostaria de dizer?

— Comida ruim... — disse o monge.

— Entendo... — replicou o Superior.

Mais dez anos se foram e o monge uma vez mais encontrou-se com seu Superior, que perguntou:

— Quais são as duas palavras que você gostaria de dizer, após mais estes dez anos?

— Eu desisto! — disse o monge.

— Bem, eu entendo o porquê — replicou, cáustico, o monge superior. — Tudo o que você sempre fez foi reclamar!

•

Definitivamente, essa não é uma história real. Não existe mosteiro onde só se possa dizer duas palavras a cada dez anos. Mas é simbólica de algo verdadeiro.

Os antigos mosteiros abrigavam 800, mil e até mais de 1.500 monásticos. Conseguir uma entrevista individual com o mestre era raridade, e o tempo para estar com ele, muito curto.

Mesmo em mosteiros menores da atualidade, nem sempre os monges ou as monjas podem livremente entrar na sala do mestre para receber instruções.

Houve uma monja irlandesa, Jiyu Kenneth Roshi, fundadora de Shasta Abbey, na Califórnia, que morou durante alguns anos no Mosteiro-Sede de Sojiji, em Yokohama, no Japão. Ela fora ordenada pelo Zenji (abade superior). Entretanto, não conseguia entrevistas individuais com ele para ser orientada, mesmo residindo no mosteiro. Para que pudesse falar com seu mestre, combinou com ele que deixaria uma flor próximo à sua janela, para que ele a chamasse. Foi apenas assim que pôde ser orientada.

Outro aspecto interessante nesse conto é que raramente as pessoas vão aos abades agradecer ou compartilhar seus estudos e ensinamentos. A maioria dos encontros é para reclamar — tanto de sua vida pessoal presente ou regressa, como das ansiedades sobre o futuro, bem como reclamar dos outros praticantes, da alimentação, do local de dormir, e assim por diante.

O conto serve como admoestação: não percam a oportunidade de falar com o mestre e peçam pelos ensinamentos. Não reclamem.

São Bento, fundador da ordem beneditina, deixou um livro de regras. Uma delas — parece ser a 34 — diz ser proibido resmungar. Até o murmúrio correto é proibido. Nenhuma comunidade se sustenta se houver resmungos e murmúrios. É preciso saber falar de maneira correta e com quem possa fazer mudanças, caso sejam necessárias.

Mas, antes de tudo, observe se o que você vai dizer é apenas uma reclamação. Não perca tempo e procure também observar o que há de benéfico em cada situação e local.

Certa feita, uma praticante que só reclamava veio me procurar, novamente reclamando, e eu disse a ela:

— Durante esta semana, observe coisas boas e me traga cinco boas notícias.

Terminada a semana, ela voltou. E, então, perguntei, curiosa. Ela respondeu:

— Nada. Não houve nada bom.

Seria possível? Houve o nascer do sol, houve o dia e a noite, houve estrelas e nuvens. Houve refeições, houve sono. Trabalho, trânsito. Tantas coisas. Mas ela estava incapacitada de apreciar a vida.

Assim como o monge do conto. A cada dez anos, duas palavras. E eram apenas duas reclamações.

13   Meditação e macacos

Um homem estava interessado em aprender meditação. Foi até um zendo (local de prática meditativa zen) e bateu na porta. Um velho professor o atendeu:
— Sim?
— Bom dia, meu senhor — começou o homem. — Eu gostaria de aprender a meditar. Como sei que é difícil e muito técnico, procurei estudar ao máximo, lendo livros e opiniões sobre o que é meditação, suas posturas, e assim por diante. Estou aqui porque o senhor é considerado um grande professor de meditação. Gostaria que o senhor me ensinasse.
O velho ficou olhando o homem enquanto este falava. Quando terminou, o professor disse:
— Quer aprender meditação?
— Claro! Quero muito! — exclamou o outro.
— Estudou muito sobre meditação? — disse, um tanto irônico.
— Fiz o máximo que pude... — afirmou o homem.
— Certo — replicou o velho. — Então vá e não pense em macacos.
O homem ficou pasmo. Nunca tinha lido nada sobre isso nos livros de meditação. Ainda meio incerto, perguntou:
— Não pensar em macacos? É só isso?
— É só isso.
— Bem, isso é simples de fazer — pensou o homem, e concordou. O professor, então, completou:
— Ótimo. Volte amanhã — e bateu a porta.

Duas horas depois, o professor ouviu alguém batendo fre-
neticamente na porta do zendo. Abriu, e lá estava de novo o
mesmo homem.

— Por favor me ajude! — exclamou, aflito. — Desde que
o senhor pediu para que eu não pensasse em macacos, não
consegui mais deixar de pensar em macacos, obsessivamente.

•

Basta dizer para não pensar, que pensamos. Por isso, a orientação para quem pratica zazen é a de deixar os pensamentos passarem.

O professor de zazen do conto anterior usou o meio expediente dos macacos para que o homem deixasse seus conhecimentos e o orgulho de seus estudos de lado. Esses dois seriam obstáculos maiores do que os macacos.

A mente costuma pular de galho em galho, como macaquinhos travessos. Assim que você inicia o processo de se auto-observar, nota que de um pensamento surge outro e, deste, mais um. Parece não ter fim.

Entretanto, podemos ir a níveis mais profundos, deixando os macaquinhos pulando e colocando nossa atenção no voo das águias, no topo das montanhas, no ruído das águas dos riachos nos vales.

"A forma das montanhas e o som dos riachos no vale são o corpo e a voz do Tatagata."[3] (Mestre Dogen)

---

3. Tatagata ou Tathagatha é um dos epítetos de Buda. Significa aquele que vem e que vai do assim como é.

14   A lua

Um monge aproximou-se de seu mestre — que se encontrava em meditação no pátio do templo à luz da lua — com uma grande dúvida:

— Mestre, aprendi que confiar nas palavras é ilusório. O verdadeiro sentido surge através do silêncio. Mas vejo que os sutras e as recitações são feitos de palavras e que o ensinamento é transmitido pela voz. Se o Darma[4] está além das palavras, por que as usamos para explicá-lo?

O velho sábio respondeu:

— As palavras são como o dedo apontando para a Lua. Olhe para a Lua, não se preocupe com o dedo que a aponta.

O monge replicou:

— Mas eu não poderia olhar a Lua sem precisar de um dedo que a indicasse?

— Poderia — confirmou o mestre —, e assim o fará, pois ninguém mais pode olhar a lua por você. As palavras são como bolhas de sabão: frágeis e inconsistentes, desaparecem quando em contato prolongado com o ar. A Lua está e sempre esteve à vista. O Darma é sempre presente e completamente revelado. As palavras não podem revelar o que já está revelado desde o Primeiro Princípio.

— Então — o monge perguntou —, por que os seres humanos precisam que seja revelado o que já é de seu conhecimento?

— Porque — completou o sábio —, da mesma forma que ver a Lua todas as noites faz com que as pessoas se esqueçam

---

4. Dharma, Darma ou Damma se refere aos ensinamentos de Buda, chamados de Lei Verdadeira.

dela pelo simples costume de aceitar sua existência como fato consumado, assim também as pessoas não confiam na verdade já revelada pelo simples fato de ela se manifestar em todas as coisas, sem distinção. Dessa forma, as palavras são um subterfúgio, um adorno para embelezar e atrair nossa atenção. E, como qualquer adorno, pode ser valorizado mais do que o necessário.

O mestre ficou em silêncio durante muito tempo. Então, de súbito, simplesmente apontou a lua.

•

Sen no Rikyu, famoso mestre de chá e conselheiro dos senhores feudais, foi chamado para apresentar uma obra de arte ao shogun. Muitos outros artistas e mestres de chá já haviam mostrado suas peças, e o shogun ainda estava insatisfeito.

Finalmente Sen no Rikyu chegou. Silenciosamente se dirigiu até o alpendre e, abrindo a porta de correr, colocou sobre as tábuas do terraço uma caixa preta de laca. Tirou da cinta um tubo de bambu cheio de água fresca e encheu a caixa de laca com a água. Olhando para o céu, posicionou-a e, com um gesto silencioso, convidou o shogun a apreciar. O shogun ficou satisfeito. Dentro da caixa de laca preta, cheia de água pura, a lua cheia se refletia perfeita, calma e serena.

É preciso ver a lua, não apenas a caixa. Mas a caixa torna possível ver melhor a lua. Assim são os ensinamentos e as palavras que apontam para uma experiência que apenas nós podemos ter.

"Quanto mais forte a sombra do pinheiro, mais brilhante é a luz da lua." Podemos apreciar os poemas e os ensinamentos. Mas praticá-los, vê-los, torná-los reais — esse é o verdadeiro ensinamento.

Olhe para a lua e não se preocupe se o dedo que a aponta e indica é torto ou reto, branco ou preto, amarelo ou vermelho. "Quando encontrar um professor, não o julgue por sua aparência, suas idiossincrasias, sua origem. Apenas receba seus ensinamentos."

Esse conselho serve para todos nós.

15   A perfeição

Um monge jovem foi encarregado de varrer e limpar os jardins do templo. Cuidadosamente, removeu folha por folha. Era outono, e as folhas das árvores estavam espalhadas por toda parte. Com muita atenção ele as recolheu de entre os arbustos, varreu os caminhos e ficou satisfeito.

Poucos minutos depois, o mestre passou pelo jardim e chamou o noviço.

— O que está faltando aqui? — perguntou.

O noviço, apressado, viu uma folha caída no chão recém-varrido e correu para retirá-la.

O mestre sorriu. Aproximou-se da árvore de onde a folha viera e gentilmente a sacudiu. Folhas secas se espalharam graciosamente pelo chão.

— Agora, sim, está perfeito!

•

Estar perfeito é estar de acordo com a natureza e a estação do ano.

No Mosteiro Feminino de Nagoya, nós mesmas limpávamos os jardins. A poda das árvores era para especialistas, mas a varrição diária cabia às noviças em treinamento.

Outra tarefa cansativa e desgastante era retirar as ervas daninhas. Como cresciam! E tínhamos de fazê-lo de cócoras. Não era permitido sentar no chão. Havia pernilongos, mosquitos. E era necessário tirar as raízes, não podíamos arrancar de qualquer jeito. Nosso jardim, que não é muito grande, parecia enorme nessas ocasiões.

Quando, numa determinada tarde, suando e cansada, picada por pernilongos, com as pernas doloridas, eu ia retirar a última erva daninha de um dos cantos do jardim, uma jovem monja (mais antiga do que eu), se aproximou e disse:

— Deixe a erva daninha. Ela também tem direito e precisa viver. Há uma razão para sua existência, você não acha?

Então percebi que o trabalho no jardim não era apenas tirar tudo o que consideramos inadequado e feio, mas compreender que no grande jardim da existência cada manifestação precisa existir e ser respeitada.

Nessa tarde, o chá foi mais saboroso.

16   Poderes sobrenaturais

Certa manhã, o mestre Daie Soko (1089-1163), ao se levantar, chamou seu discípulo Gyozan e disse:

— Vamos fazer uma disputa para saber quem de nós dois possui mais poderes sobrenaturais?

Gyozan saiu sem responder. Dali a pouco, voltou trazendo uma bacia com água e uma toalha. O mestre lavou e enxugou o rosto, em silêncio. Pouco depois, Kyogen, outro discípulo, aproximou-se e perguntou:

— O que estão fazendo?

— Estamos fazendo uma competição com nossos poderes sobrenaturais — respondeu o mestre. — Quer participar?

Kyogen retirou-se calado e logo depois retornou trazendo uma bandeja com chá. O mestre Daie então dirigiu-se aos seus dois discípulos e exclamou:

— Na verdade, vocês superam em poderes sobrenaturais Sariputra, maudgalyayana[5] e todos os grandes discípulos de Buda!

•

Algumas pessoas querem ser especiais e não percebem que todos sempre somos especiais e únicos. Poderes sobrenaturais são a capacidade de perceber o que é adequado a cada situação.

---

5. Sariputra e maudgalyayana eram considerados os dois principais discípulos de Buda, hábeis em sabedoria e profundos na prática.

Cuidado com as armadilhas do caminho espiritual. Se você achar que está tendo poderes superiores aos de outras pessoas, é hora de pôr os pés no chão, sentir a energia da terra e se lembrar de que somos pó também.

Na Índia havia uma palavra (sendaba) que poderia significar cálice, sal ou cavalo. O atendente do imperador deveria saber do que ele precisava ao dizer tal palavra. Se fosse sair, seria o cavalo. Se estivesse comendo, provavelmente seria o sal. E, se estivesse com sede, o cálice.

Nos nossos relacionamentos também há sinais semelhantes. Bastava um olhar de nosso pai e já sabíamos o que viria pela frente. Casais há anos juntos já nem precisam falar muito. Um sabe da necessidade do outro.

No Japão, os casais antigos não tinham o hábito de falar de amor. Certa tarde, conversando em um templo com vários monges e suas esposas, perguntei a um deles:

— Mas o senhor nunca diz "eu amo você" para sua esposa?

— Ela é para mim como o ar que respiro.

Talvez tenha sido a mais bela declaração de amor que já ouvi. Podemos viver sem água por alguns dias, sem comida por outros dias, mas não podemos viver sem ar por mais do que alguns minutos.

Poderes sobrenaturais são servir o chá, trazer os alimentos à mesa, lavar os pratos, receber as pessoas com delicadeza e perceber suas necessidades.

Se estivermos centrados em nós mesmos, não veremos o que está à nossa volta. Como a pessoa individualista e gulosa, que chega a uma mesa de refeição e se serve antes dos outros. Muitas vezes nem pensa em passar as travessas ou deixar um pouco de alimento para quem ainda não se serviu. Essa pessoa não tem poderes. É fraca.

A pessoa poderosa serve primeiro aos outros. Está atenta às necessidades de quem está ao seu lado.

A verdadeira felicidade está mais em compartilhar do que em receber.

Poucas pessoas atingem esses poderes.

17   Cipreste

Um monge perguntou ao mestre Joshu:
— Qual o significado de Bodidarma vir para o leste?[6]
O mestre disse:
— O cipreste no jardim.
O monge ficou irritado:
— Não, não! Não use parábolas aludindo a coisas concre-
tas! Quero uma explicação!
— Então eu não vou usar nada concreto e serei claro —
disse o mestre.
O monge esperou um pouco e, vendo que o mestre não iria
continuar, fez a mesma pergunta:
— Então? Qual o significado de Bodidarma vir para o leste?
Mestre Joshu disse:
— O cipreste no jardim.

•

Qual o significado de Bodidarma vir para o leste? O nosso
amigo Joshu, "os lábios zen", novamente responde colocando
o monge na realidade presente: o cipreste no jardim.

Eu conhecia essa história quando fui visitar o Templo
Daihonzan Eiheiji, na província de Fukui, no Japão. Estava em treinamento intensivo, como noviça, no Mosteiro de

---

6. Bodidarma é considerado o Primeiro Ancestral Zen na China e fundador do zen-
-budismo chinês. Pertencia à 28ª geração de discípulos, desde Xaquiamuni Buda.
Por volta do ano 560, viajou da Índia para a China. Por isso a pergunta — por que
razão ele teria vindo para o leste da Índia, que seria a China.

Nagoya. Várias monjas foram ao Mosteiro-Sede de Eiheiji para ouvir uma semana de ensinamentos especiais sobre o *Shobogenzo* — obra máxima de nosso fundador. Um livro difícil de ler e que seria explicado por um grande especialista no assunto.

Eu conhecia mestre Dogen e sua história. Havia lido algumas traduções do *Shobogenzo* para o inglês e admirava profundamente nosso fundador.

Fomos de carro de Nagoya a Fukui. Algumas horas. As monjas que me levavam eram mais jovens do que eu como pessoas, mas mais antigas na prática. Muito educadas e respeitosas, assim que entramos no mosteiro nos levaram a um aposento para aguardarmos até a hora do jantar.

Minhas companheiras se sentaram para tomar chá e costurar pequenos pedaços de tecido branco, que usaríamos dentro de duas horas, aproximadamente, durante a refeição.

Ora, meu sonho era conhecer esse mosteiro enorme, no vale das montanhas de Fukui. Como sair dali sem que notassem? Por certo não me permitiriam caminhar pelo mosteiro.

Pedi licença para ir ao banheiro. Fui. De lá desci as escadarias e percorri corredores imensos, salas com pinturas raras, altares, vi monges limpando o chão com as mãos, vi outros treinando como entregar os livros de preces e, finalmente, cheguei à entrada da sala de mestre Dogen.

Ah! Finalmente podia render minhas homenagens ao grande mestre. Havia um incensário enorme, onde o incenso queimava em forma de um desenho budista. Uni minhas mãos em prece e, ao terminar a primeira reverência, me surpreendi. Ao meu lado, uma repórter da Rádio Fukui me perguntou, em inglês:

— Qual o significado dos ensinamentos de mestre Dogen para você?

Nesse momento, o bonsho, sino do entardecer, tocou: goonnnn.

E eu, parodiando mestre Joshu, disse:

— O som do sino.

18 Paz mental

Finalmente, após muitos sofrimentos, Eka foi aceito por Bodidarma como seu discípulo. O jovem então perguntou ao mestre:
— Eu não tenho paz de espírito. Gostaria de pedir, Senhor, que pacificasse minha mente.
— Ponha sua mente aqui na minha frente, e eu a pacificarei! — replicou Bodidarma.
— Mas... é impossível fazer isso! — afirmou Eka.
— Então já pacifiquei a sua mente — concluiu o sábio.

•

Bodidarma havia vindo para a China, da Índia, seguindo instruções de seu mestre, Hannyatara, por volta do século VI. Ele é considerado o fundador do zen-budismo. A história foi assim:

Quando Bodidarma chegou à China, o imperador da província — que se devotava ao budismo, ajudando na construção de templos, mantendo monges e tradutores — pediu que ele viesse ao seu reino. Bodidarma foi, então, recebido na corte. O imperador lhe perguntou:

— Tenho construído templos, ajudado a difundir o budismo. Assim obtenho méritos, não é?

Bodidarma já estava com mais de 60 anos de idade, e sua viagem havia sido longa e cansativa. Não tinha tempo para agradar a um rei. E, respondendo do ponto de vista do absoluto, disse:

— Não méritos!

O imperador se surpreendeu:

— Então, o que é sagrado?

E Bodidarma:

— Vazio. Nada sagrado!

Indignado, o imperador perguntou:

— Quem está à minha frente?

Bodidarma respondeu:

— Não sei.

Assim, o monge vindo da Índia foi para o Monte Shaolin e sentou-se em meditação. Os outros monges praticavam várias outras formas de budismo. Mas Bodidarma apenas se sentava. Por isso foi chamado de monge zen, dando origem ao zen-budismo na China.

Nove anos se passaram. Finalmente, numa noite fria de inverno, o chinês Eka se colocou em frente à porta da caverna onde Bodidarma meditava e rogou para ser seu discípulo. Bodidarma o ignorou.

A neve cobria até a cintura de Eka. Desesperado, ele puxou sua espada e cortou seu antebraço, soltando um grito terrível. Nesse momento, Bodidarma virou-se e o aceitou como discípulo.

A história assim é contada. Mas, talvez, Eka já não tivesse o antebraço. O sentido é que só penetramos o zen se estivermos dispostos a entregar nossa vida.

Bodidarma instruiu Eka na arte do zazen. E o diálogo anterior ocorreu. Eka pediu ao mestre que pacificasse sua mente. E o mestre, usando de um meio hábil, pediu a ele que colocasse sua mente à sua frente, para pacificá-la.

Percebendo a impossibilidade de pegar a mente — porque esta é incessante e luminosa —, Bodidarma disse a seu discípulo:

— Pronto. Está pacificada.

•

Como está a sua mente agora?

Você consegue segurar qualquer aspecto da sua mente?

Percebe que ela não é fixa nem permanente? Que a alegria e a dor são instáveis? Você entende o vazio e o nada sagrado? Se entender, venha fazer zazen. Se não entender, venha fazer zazen.

19   Musashi Sensei

*Musashi, quando jovem, era um guerreiro valente e auda-
cioso, mas não sabia controlar sua força e seu temperamento.
Estava sempre criando problemas e um dia foi preso. Seria
julgado e talvez executado. No caminho, passou pelo templo
de sua infância, e o monge Takuan o reconheceu. Insistiu
com os soldados que deixassem Musashi amarrado de ponta-
-cabeça na árvore e sob seus cuidados. Ele dobraria a fera.
Monge Takuan era confiável, amigo do senhor feudal. Assim
foi feito.*

*Furioso, o jovem Musashi gritava para que o monge o sol-
tasse, mas esse apenas ria debaixo da árvore. Musashi cuspia, falava de forma grosseira, mas o monge apenas ria, até
que disse:*

*— Essa sua raiva pessoal não serve para nada. Se sua in-
dignação fosse maior do que você, poderia sair dessa árvore.*

*Foi assim que o monge Takuan soltou Musashi e o treinou
na arte zen do autoconhecimento para que se tornasse um
dos maiores samurais do Japão.*

•

Nossa raiva individual, nossos insultos e gritos não são capazes de transformar a realidade. Podem apenas amargurar
nossa própria vida e nossa boca.

Mas, quando sentimos uma indignação maior do que nós,
podemos usá-la como alavanca de transformação do mundo.
Então, não sairemos cuspindo e ofendendo. Sairemos, sim,

nos comprometendo a ser a transformação que queremos no mundo – como dizia Mahatma Gandhi.

É por meio do exemplo e da vida pura que tudo pode ser modificado. Musashi Sensei treinava o uso da espada, mas agora como uma arte sutil e profunda. Passou a respeitar seus adversários — o que não fazia antes — e a dizer:

— Meu adversário sou sempre eu mesmo.

Vencer a si. Vencer os ódios e as vinganças. Vencer o medo e a fúria. Verdadeiras vitórias.

Seu último embate foi vencido não pela força, mas pela estratégia. Usou uma espada de madeira contra a espada longa de seu jovem e poderoso adversário.

O adversário talvez fosse mais hábil, mas Musashi Sensei havia vencido a si mesmo. Controlado e preciso. Centrado.

Soube colocar-se contra o sol nascente. Venceu sem matar, sem cortar e depois foi ser poeta e pintor.

Uma vida de vitórias, e a maior delas foi vencer a si mesmo, conhecendo-se e escolhendo seu próprio caminho.

20   Bolinhos de arroz

Um monge erudito, grande estudioso do Sutra do Diamante, estava viajando — sempre para discursar sobre o sutra. Carregava com ele um grande peso de tratados e explicações sobre o ensinamento.

No caminho, encontrou uma mulher idosa e simples, que vendia bolinhos de arroz. Cansado e com fome, falou à senhora:

— Gostaria de comprar alguns bolinhos, por favor.

— Que livros está carregando? — ela perguntou.

— É o meu comentário sobre o sentido verdadeiro do Sutra do Diamante — disse, orgulhoso.

Após um pequeno momento em silêncio, a senhora falou:

— Vou fazer uma pergunta. Se o senhor puder me responder, eu lhe darei os bolinhos de graça. Se não, terá de ir embora, pois não lhe vou vendê-los.

Achando-se capaz de responder a qualquer pergunta, quanto mais de uma pessoa sem os seus anos de conhecimento dos termos filosóficos, disse:

— Muito bem, pergunte.

— Está escrito no Sutra do Diamante que a mente do passado é inatingível, a mente do futuro é inatingível e a mente do presente é inatingível. Diga, então, com qual mente o senhor se alimenta?

Estupefato, ele não soube o que dizer. Por mais que procurasse em sua memória trechos do sutra, nada encontrava.

A senhora se levantou e comentou:

— Sinto muito, mas acho que terá de se alimentar em outro lugar — e partiu.

Quando o erudito finalmente chegou ao seu destino, en-
controu o mestre do templo. Era tarde e, ainda abalado com
o encontro anterior, sentou-se silenciosamente em frente ao
mestre, esperando que ele iniciasse o debate.

O mestre, após algum tempo, disse:

— É muito tarde, e você está cansado. É melhor ir dormir.

— Muito bem — disse o intelectual, saindo para a escuridão
do corredor.

O mestre, vindo de dentro do salão, trouxe para ele uma vela
acesa. Quando pegou a vela trazida pelo mestre, este subita-
mente a assoprou, apagando a luz e deixando ambos silenciosos
em meio à escuridão. Nesse momento, sua mente despertou.

No dia seguinte, dizem, levou todos os seus livros e comen-
tários para o pátio e os queimou.

•

Preso aos conhecimentos intelectuais, o monge erudito não
foi capaz de dar uma resposta simples a uma pergunta que
mencionava o Sutra do Diamante, mas que não era respondida
pelo sutra.

Compreender em profundidade é saber utilizar o conhecimento em sua vida diária. Mais importante do que escrever
muitos tratados é entender seu significado verdadeiro e o pôr
em prática. É respeitar a si mesmo e aos outros.

De qualquer maneira, não precisamos queimar livros e
tratados, e sim saber usá-los em vez de ser usados por eles.

Os livros nos fazem conhecer pessoas que talvez jamais
poderíamos conhecer pessoalmente. Deixam memórias, histórias, culturas, ciências — não há por que queimá-los. Assim
como estátuas e objetos de arte, não há por que destruí-los.
Surpreendemo-nos com a sabedoria e as habilidades de nossos ancestrais — próximos e remotos. Da mesma maneira,
nos surpreendemos com nossos contemporâneos.

Apreciar a vida em sua diversidade de culturas e hábitos
é ser leve e feliz. Sem se prender às palavras e às imagens,
reconhecê-las como portais.

Abrir as portas e sorrir para a vida.

21   O ensinamento

Um renomado mestre zen dizia que seu maior ensinamento era este: Buda é a sua própria mente.

De tão impressionado com a profundidade desse ensinamento, um monge decidiu deixar o mosteiro e morar a sós, na floresta, para se aprofundar na verdade. Ele viveu 20 anos como um eremita, refletindo sobre o grande ensinamento. Suas roupas eram de folhas de lótus e se alimentava dos frutos encontrados.

O mestre, preocupado com a longa ausência do discípulo e querendo verificar se estava bem, pediu a um monge que o procurasse na mata. Estava o eremita meditando calmamente, quando ouviu ruídos de passos se aproximando de seu casebre. Recebeu o visitante, que dizia ter se perdido e procurava uma saída. Sentaram-se por alguns momentos, e o monge eremita soube que o viajante era discípulo do mesmo mestre zen que o despertara.

— Por favor, diga-me se você conhece o grande ensinamento do mestre — perguntou.

Os olhos do monge viajante brilharam:

— Ah! O mestre foi muito claro sobre isso. Ele disse que seu maior ensinamento é que Buda não é a sua mente.

Surpreso, o eremita se calou. Teria o mestre mudado o ensinamento por alguma razão? Quem sabe...

O monge visitante voltou a indagar sobre o caminho para sair da floresta. E ele disse:

— Siga a correnteza do rio.

E mudou-se mais para dentro da mata, a fim de evitar ou-
tros visitantes, dizendo:

— *Sei que a mente é Buda.*

De volta ao mosteiro, o monge contou ao mestre do seu
encontro com o eremita.

— *E ele não discutiu com você sobre a verdade?* — *inquiriu*
o mestre.

— *Não, senhor!*

Depois de alguns instantes, disse:

— *Quando me afastava em direção ao rio, pareceu-me tê-lo*
ouvido murmurar que a mente é Buda, mas talvez tenha sido
engano meu.

O mestre sorriu.

•

Esse caso realmente ocorreu. Naquela época, não era raro
que monges se retirassem das cidades e dos mosteiros e fossem vivenciar os ensinamentos recebidos na reclusão de pequenos casebres na floresta.

Desde a época de Xaquiamuni Buda, há mais de 2.600 anos,
essa era uma prática comum. Alguns se tornavam verdadeiros
sábios, mas evitavam aglomerações e aplausos, lucro e fama.
Viviam de forma simples e sincera, saboreando os ensinamentos.

Ainda há quem assim o faça em certos países e tradições
asiáticas. E poucos sabem de sua existência. Apenas àque-
les que realmente procuram a verdade profunda lhes são
indicados seus locais de moradia. Alguns os encontram e os
compreendem, outros nem mesmo os procuram.

Atualmente, no budismo de origem japonesa, essa prática
não é estimulada.

Quando eu estava terminando meus anos formais de treinamento no Mosteiro de Nagoya, também auxiliava um templo
de Tóquio, morando nas proximidades do Monte Fuji. Era
uma bênção para mim.

Ficava em silêncio o dia todo e só abria os lábios para preces e orações. Trabalhava muito na faxina do espaço e das matas em volta, cortando e cultivando um jardim selvagem. Comia castanhas que encontrava caídas no chão, maçãs e o que houvessem me deixado das cerimônias memoriais eventuais.

Eu era muito feliz. Quando me chamavam a Tóquio ou precisava ir ao Mosteiro de Nagoya, eu ia, mas sem grande alegria. Preferia o silêncio da mata, a vida simples. Os pássaros e as cobras me faziam companhia.

Havia uma senhora que morava nas proximidades e de tempos em tempos me levava para fazer algumas compras de alimentos. Até que me deram um carro para utilizar nas minhas idas e vindas entre Tóquio, o Monte Fuji, Nagoya, e vice-versa.

Minha superiora do mosteiro e o monge responsável pelo templo conversaram e concluíram que eu não havia vindo ao Japão e treinado por mais de sete anos no mosteiro para me tornar uma sennin (habitante solitária de montanha). E cada vez mais insistiam para que eu fosse atuar nas cidades.

Algumas vezes eu me ressentia. As pessoas e as cidades eram barulhentas. Não que a mata seja silenciosa. Também há inúmeros sons.

Hoje compreendo que mais vale estar em contato com pessoas que necessitam dos ensinamentos do que me fechar em mim mesma e aguardar os poucos que realmente queiram penetrar o Caminho.

Como minha mestra Aoyama Shundo Docho Roshi afirmava: "Muitas vezes temos de nos tornar o barqueiro, dizendo às pessoas que há uma outra margem, uma outra maneira de ser no mundo, e ajudá-las a atravessar".

22   Mudança

O monge Ryokan (1758-1831) devotou sua vida ao estudo do Zen. Um dia ele ouviu que seu sobrinho, a despeito das advertências de sua família, estava gastando todo o dinheiro com uma prostituta.

O sobrinho havia substituído o monge Ryokan na responsabilidade de gerenciar os proventos e os bens da família — que agora corria o risco de perder tudo. Por isso, os parentes pediram ao monge que fizesse algo. Ryokan teve de viajar por uma longa estrada para encontrar seu sobrinho, o qual não via desde muitos anos atrás. O sobrinho ficou grato por encontrar seu tio novamente e o convidou a pernoitar.

Por toda a noite o monge Ryokan sentou-se em meditação. Quando estava partindo, na manhã seguinte, disse ao jovem sobrinho:

— Eu devo estar ficando velho, minhas mãos tremem tanto! Poderia me ajudar a amarrar minhas sandálias de palha?

O sobrinho o ajudou devotadamente.

— Obrigado — disse o monge. — Você vê, a cada dia um homem se torna mais velho e frágil. Cuide-se com atenção.

Então partiu, sem falar uma só palavra sobre a cortesã ou as reclamações de seus parentes.

Daquela manhã em diante, o esbanjamento terminou.

•

Meios hábeis, meios expedientes são iguais à compaixão. Mais valeu a meditação do idoso monge e as palavras simples na despedida do que se ele tivesse passado a noite fazendo advertências e tecendo conversas que poderiam não chegar a lugar nenhum. A força de suas poucas palavras foi eficaz.

O monge Ryokan é muito famoso nos meios zen. Sempre morou em um pequeno casebre na montanha, longe dos centros urbanos e dos grandes templos e mosteiros. Preferia a solidão das matas, a companhia dos pássaros e das crianças. De tempos em tempos, ia aos locais onde as gueixas cantavam e bebia alegremente com todos. Escrevia poesia.

Certa noite, um ladrão entrou em sua cabana. O monge dormia, coberto apenas por uma velha e desgastada manta de lã. O ladrão vasculhou o casebre e não encontrou nada para levar. Quando ia saindo, o monge acordou e o chamou. Assustado, o ladrão se aproximou e recebeu do monge a velha manta de lã. Correu pela noite afora. O monge Ryokan, pela porta aberta, viu a luz da lua cheia e sentou-se em zazen, dizendo:

— Se pudesse, daria a ele a luz da lua.

Dizem que seu casebre era muito simples. Certo dia, ele percebeu um bambu que estava nascendo entre as tábuas velhas do chão. Imediatamente abriu uma fenda suficiente para permitir que por ali o bambu crescesse e passasse.

Noutra ocasião, brincando de esconde-esconde com as crianças da redondeza, escondeu-se tão bem que as crianças não o puderam encontrar. Sem noção do tempo, ficou encolhidinho na moita até que alguém passasse e o lembrasse de que a brincadeira acabara.

Noutra feita, abaixou-se para amarrar as sandálias de palha, quando o proprietário de uma plantação de melancias o tomou por um ladrão e, antes que ele pudesse se defender, deu-lhe fortes pauladas. Quando o monge se levantou, o homem, embaraçado, caiu de joelhos a pedir perdão. Ryokan apenas sacudiu a poeira de seus hábitos e, rindo, se foi a caminhar.

Esse é o personagem do caso apresentado. Um monge singular. Simples e feliz. Nada possuindo, nada temia. Sabia compartilhar e se alegrar, bem como usar meios expedientes para fazer seu sobrinho deixar de desperdiçar os bens da família.

23 Equanimidade

Durante as guerras civis na China feudal, um exército inva-sor poderia facilmente dizimar uma cidade e tomar o controle. Numa vila, todos fugiram apavorados ao saber que um gene-ral, famoso por sua fúria e crueldade, estava se aproximando — todos, exceto um mestre zen, que vivia afastado.

Quando o general chegou à vila, seus batedores disseram que ninguém mais estava lá, além do monge. O general foi então ao templo, curioso em saber quem era tal pessoa.

Quando chegou, o monge não o recebeu com a normal sub-missão e terror com que ele estava acostumado a ser tratado por todos. Isso levou o general à fúria.

— Seu tolo! — ele gritou, enquanto desembainhava a espa-da. — Não percebe que está diante de um homem que pode trucidá-lo num piscar de olhos?

O mestre permaneceu em quieta tranquilidade.

— E você percebe — o mestre replicou calmamente — que está diante de um homem que pode ser trucidado num piscar de olhos?

•

Quem nada tem a perder nada tem a temer. O monge estava tranquilo, pois não tinha medo de morrer.

Conta-se, no Japão, que certa feita um grande senhor feudal estava cercado em seu castelo, sem nenhuma possibilidade de fuga ou de defesa. Ele era um praticante zen.

Então, convidou seus parentes e amigos para se sentar com ele em meditação, enquanto o castelo ardia em chamas. Seus inimigos entraram correndo, alucinados, gritando, com espadas em punho para matá-los, mas, quando os viram assim, placidamente sentados, sem oferecer nenhuma resistência, fizeram uma reverência e, com lágrimas nos olhos, os mataram conforme o respeito e a tradição samurai exigia.

O fogo destruiu o castelo, morreram todos os seus moradores, mas a memória ficou na história: havia um homem sábio que permitiu a todos de sua família a morte digna e tranquila, na quietude da mente.

Não é tarefa fácil ficar sentada, em meditação, quando há ameaça de morte — quer pela lâmina afiada, quer pelo fogo ardente. Só mesmo quem atingiu a mente suprema é capaz de manter a dignidade e a tranquilidade em qualquer situação.

24   A moeda da sorte

Um grande guerreiro japonês, chamado Nobunaga, decidiu atacar o inimigo, embora tivesse apenas um décimo do número de homens de seu oponente. Ele sabia que poderia ganhar mesmo assim, mas seus soldados tinham dúvidas. No caminho para a batalha, ele parou em um templo xintoísta[7] e disse aos seus homens:

— Após visitar o relicário, eu jogarei uma moeda. Se der cara, venceremos. Se der coroa, com certeza perderemos. O destino nos tem em suas mãos.

Nobunaga entrou no templo e ofereceu uma prece silenciosa. Então saiu e jogou a moeda. Deu cara. Seus soldados ficaram tão entusiasmados a lutar que eles ganharam a batalha facilmente.

Após a batalha, seu segundo em comando disse, orgulhoso:

— Ninguém pode mudar a mão do destino!

— Realmente não... — disse Nobunaga, mostrando reservadamente sua moeda, que tinha a cara impressa nos dois lados.

•

Esse episódio nos reconta da não superstição dos grandes líderes e dos meios expedientes necessários para vencer batalhas.

Se houver confiança, tudo é possível. Confie e você poderá atingir seus objetivos. Não jogue a moeda da sorte. A menos que ela tenha cara ou coroa dos dois lados.

---

7. O xintoísmo é a religião autóctone japonesa e significa o Caminho de Deus. A deusa Sol (Amaterasu) é uma das entidades principais e, no centro dos seus altares, há um espelho. Por muitos anos foi a religião oficial do imperador.

25   Uma analogia

Um homem, viajando pelo campo, encontrou um tigre. Ele correu, o tigre em seu encalço. Aproximando-se de um precipício, tomou as raízes expostas de uma vinha selvagem em suas mãos e pendurou-se na beira do abismo.

O tigre o farejava acima. Tremendo, o homem olhou para baixo e viu, no fundo do precipício, outro tigre a esperá-lo. Apenas a vinha o sustinha. Mas, ao olhar para a planta, viu dois ratos, um negro e outro branco, roendo aos poucos sua raiz.

Nesse momento, seus olhos perceberam um belo morango vicejando perto. Segurando a vinha com uma mão, ele pegou o morango com a outra e o comeu.

— Que delícia! — ele disse.

•

Essa é uma das analogias sobre a vida humana. Estamos fugindo de um animal que pode nos matar, presos por um fio — o qual está sendo roído pela noite e pelo dia (os ratos branco e preto) —, e apreciamos a doçura do momento. O que mais haveria para ser feito?

A morte é certa, mas até morrer podemos apreciar a vida.

Você aprecia sua existência? Mesmo com dificuldades, problemas, insatisfações, doenças e mortes? Percebe também a doçura de um nascer do sol, de uma flor ou de uma criança?

Sorri à lua e às estrelas? Reconhece o som dos pássaros e da alegria?

Não veja apenas o lado sombrio, veja a luz, pois sem ela nem a sombra existiria.

26   Uma xícara de chá

Um mestre japonês durante a Era Meiji (1868-1912) recebeu um professor universitário que veio inquirir sobre o zen. Este iniciou um longo discurso sobre seus estudos formais. Havia lido e se debruçado sobre os grandes tratados budistas e falava acerca deles com desenvoltura.

O mestre zen, enquanto isso, serviu o chá. Encheu completamente a xícara de seu visitante, e continuou a enchê-la, derramando chá pela borda.

O professor, vendo o excesso se derramando, não pôde mais se conter e disse:

— Está muito cheio. Não cabe mais chá!

— Assim como esta xícara — disse o mestre —, você está cheio de suas próprias opiniões e especulações. Como posso eu lhe demonstrar o Zen sem você primeiro esvaziar sua xícara?

•

Estudo e conhecimento intelectual podem se tornar um obstáculo à realização. Se estivermos cheios de informações, ideias, não seremos capazes de ouvir o que outros têm a nos dizer. É preciso esvaziar a xícara.

Para que haja diálogo, temos de reaprender a ouvir para entender. Há pessoas que se cristalizam em suas próprias conclusões sobre a vida e a morte e são incapazes de ouvir outros pareceres. Donos e donas da verdade, tornam-se deficientes de seus próprios seis sentidos (visão, audição, olfato, paladar, tato e consciência). Impossibilitados de provar um novo sabor, alimentam-se sempre do que já é familiar e não conseguem assimilar novas informações.

Incapazes de incluir novas maneiras de sentir e ser, podem se tornar violentos defendendo seus pontos de vista, discriminando e perseguindo a quem não concorde com seus ideais. Lamentável.

É preciso nos libertar do murmúrio incessante da mente, para ouvir — simplesmente ouvir — o riacho no vale, ou, como dizia o poeta Olavo Bilac, "amar para ouvir estrelas".

27 Certo e errado

Quando Bankei Eitaku (1622-1693) realizava suas palestras semanais, pessoas de muitas partes do Japão vinham ouvi-lo. Não apenas praticantes zen, mas também pessoas de todos os níveis sociais e diferentes grupos religiosos. Durante um desses encontros, um discípulo foi pego roubando. O caso foi reportado ao mestre Bankei, com a solicitação de que o culpado fosse expulso. Mestre Bankei ignorou o caso.

Mais tarde o discípulo foi surpreendido na mesma falta, e novamente o mestre Bankei desdenhou o acontecimento. Então, o grupo se reuniu e enviou uma petição pedindo a dispensa do ladrão, declarando que, se tal não fosse feito, todos deixariam de participar das palestras.

Quando mestre Bankei leu a petição, reuniu todos os que haviam assinado e disse:

— Vocês são sábios, sabem o que é certo e o que é errado. Vocês podem ir para qualquer outro lugar para estudar e praticar, mas esse pobre irmão não percebe nem mesmo o que significa o certo e o errado. Quem irá ensiná-lo se eu não o fizer? Vou mantê-lo aqui mesmo se o resto de vocês partir.

Uma torrente de lágrimas foi derramada pelo monge que roubava. Desse momento em diante, seu desejo de roubar desapareceu.

•

Episódios como esse não são raros entre verdadeiros mestres, quer do zen, quer de outras tradições espirituais. Os portais dos templos e dos ensinamentos devem estar abertos, principalmente aos que têm dificuldade em compreender o certo e o errado.

Mestre Bankei Ekaku era da linhagem zen da Escola Rinzai, do Templo Myoshinji, em Quioto. Era famoso por suas pregações e pela maneira de estimular as pessoas. Certa feita, foi procurado por um monge muito orgulhoso da tradição de outra ordem budista. Logo ao chegar, o monge visitante disse:

— Será que o senhor conseguirá me fazer obedecê-lo?

Mestre Bankei disse:

— Venha um pouco mais perto, por favor. — O monge se aproximou e mestre Bankei disse: — Por favor, fique à minha esquerda.

Quando o monge estava à esquerda do mestre, este disse:

— Não, acho melhor que o senhor fique do meu lado direito.

O monge foi para a direita, e mestre Bankei observou:

— Você está me obedecendo bem, e o acho uma pessoa muito gentil. Agora sente-se e me escute.

Em outra ocasião, um discípulo reclamou ao mestre:

— Como posso curar meu temperamento ingovernável?

— Deixe-me ver esse temperamento — disse o mestre.

O discípulo não pôde demonstrá-lo, e mestre Bankei falou:

— Seu temperamento não deve ser sua natureza verdadeira. Se fosse, você poderia demonstrá-lo para mim em qualquer momento. Quando você nasceu, decerto não o tinha e seus pais não o deram a você. Pense nisso.

•

Bankei foi um dos responsáveis pela revitalização do Zen Rinzai durante a época do shogun Tokugawa. Seus ensinamentos eram chamados de Fushozen — o Zen do não nascido, em razão da frase que sempre repetia:

— Natureza Buda é não nascida, sacralidade é testemunhar a natureza Buda.

Natureza Buda não é algo genético ou herdado, nem pode ser adquirida por meio de outra pessoa. Apenas quando a prática correta estimular as sinapses neurais, poderemos reconhecer a natureza iluminada presente em cada partícula e na grande imensidão.

Bankei Zenji era um religioso intuitivo, pleno de compaixão. Não era, definitivamente, um filósofo intelectual. A reflexão que ele ofereceu ao monge é semelhante a algumas das instruções para zazen do mestre Keizan Jokin (século XIV): "Verifique o momento em que você foi concebido: um óvulo fecundado por um espermatozoide. E observe o momento em que seus olhos se fecharão para sempre, quando você expirar pela última vez".

28   Céu e inferno

*Um orgulhoso guerreiro chamado Nobushige foi até Hakuin
Ekaku[8] e perguntou:*

— Se existe um paraíso e um inferno, onde estão?

— Quem é você? — perguntou Hakuin.

— Eu sou um samurai! — o guerreiro exclamou.

*— Você, um guerreiro? — riu-se Hakuin. — Que espé-
cie de governante teria tal guarda? Sua aparência é a de
um mendigo!*

*Nobushige ficou tão raivoso que começou a desembainhar
sua espada, mas Hakuin continuou:*

*— Então você tem uma espada! Sua arma provavelmente
está tão cega que não cortará minha cabeça.*

*O samurai, continuando a desembainhar a espada, avan-
çou pronto para matá-lo, gritando de ódio. Nesse momento,
Hakuin gritou:*

— Acabaram de se abrir os Portais do Inferno!

*Ao ouvir essas palavras, e percebendo a sabedoria do mes-
tre, o samurai embainhou sua espada e fez-lhe uma profunda
reverência.*

*— Acabaram de se abrir os Portais do Paraíso — disse
suavemente Hakuin.*

•

---

8.   Hakuin Ekaku (1685-1768) foi um eminente monge da tradição Rinzai
do budismo japonês medieval. Foi abade do Templo Myoshinji, em
Quioto.

Os textos clássicos do budismo dizem que céu e inferno são muito semelhantes. Em ambos os locais há uma mesa imensa com alimentos deliciosos. As pessoas estão sentadas em cadeiras altas e com conchas longas amarradas em seus braços, portanto não conseguem dobrar os cotovelos.

No céu, todos sorriem felizes e satisfeitos, pois as conchas são capazes de levar os alimentos diretamente para a boca de quem está sentado do outro lado da mesa. No inferno todos gritam e se insultam mutuamente, tentando, em vão, se autoalimentar. Assim, céu e inferno dependem do seu estado mental de contentamento ou enfezamento.

29   Verdadeira riqueza

Um homem muito rico pediu ao monge pintor Sengai Gibon (1750-1837), para escrever algo pela continuidade da prosperidade de sua família, de modo que esta pudesse manter sua fortuna geração após geração. Sengai pegou uma longa folha de papel de arroz e escreveu: "Pai morre, filho morre, neto morre".

O homem rico ficou indignado e, ofendido, disse:

— Pedi algo pela felicidade de minha família! Por que uma brincadeira dessa?

— Não pretendi fazer brincadeira — explicou Sengai tranquilamente. — Se antes de sua morte seu filho morresse, isso iria magoá-lo imensamente. Se seu neto se fosse antes de seu filho, tanto você quanto ele ficariam arrasados. Mas, se sua família, de geração em geração, morrer na ordem que eu escrevi, será o mais natural curso da vida. Eu chamo isso de verdadeira riqueza.

•

Compreender a necessidade verdadeira e atender a essa necessidade é o voto da compaixão ilimitada. O homem rico pediu uma bênção de riqueza material, mas o monge deu a ele a bênção da verdadeira riqueza psíquica e espiritual.

Essa história algumas vezes é recontada de outra maneira. Durante a celebração de um casamento, pediram ao monge presente (alguns dizem que teria sido o famoso monge

Ryokan Sama, do século XVIII) que falasse algumas palavras de bênção. E ele teria dito:

— Morrem os avós, morrem os pais, morrem os filhos e morrem os netos.

Alguém o cutucou, pensando que estivesse embriagado e não entendera se tratar de uma festa:

— Monge, é um casamento, não é um enterro.

E ele respondeu:

— Pois eu sei. Não são esses os melhores votos de congratulações?

•

Tenho encontrado várias pessoas que perderam seus filhos ou suas filhas em acidentes ou não acidentes (pessoas embriagadas dirigindo), assaltos, tiros perdidos, desastres, tombos, doenças, cirurgias, trombadas de paraquedistas e também pelas drogas ou pelas guerras.

Todos sofrem imensamente. Meus avós tiveram uma filha de 21 anos que morreu durante uma cirurgia renal. Sarita, a tia que não conheci, nunca foi esquecida e a dor de sua perda viveu com meus avós e minha mãe até o fim de seus dias.

Minha mãe, na época da morte de sua irmã mais nova, escreveu um poema para ela que terminava assim:

Amo a sepultura
E essa noite escura
Que me acolherão
Pois, sem medo ao nada
Minha morta amada
Hei de um dia morrer, murchar
E não ser no seu coração.

30 É mesmo?

*Uma linda garota da vila ficou grávida. Seus pais, encole-
rizados, exigiram saber quem era o pai. Inicialmente resis-
tente a confessar, a ansiosa e embaraçada menina finalmente
acusou o monge Hakuin, mestre zen, a quem todos da vila
reverenciavam profundamente por levar uma vida digna.*

*Quando os insultados pais confrontaram Hakuin com a acu-
sação de sua filha, ele simplesmente disse:*

— É mesmo?

*Quando a criança nasceu, os pais a levaram para Hakuin,
que agora era visto como um pária por todos da região. Eles
exigiram que o monge tomasse conta da criança, uma vez que
essa era sua responsabilidade.*

*— É mesmo? — Hakuin disse calmamente enquanto acei-
tava a criança.*

*Por muitos meses ele cuidou carinhosamente do bebê. A
jovem mãe, entretanto, com saudade de seu filhinho, não su-
portou sustentar a mentira e confessou que o pai verdadeiro
era um jovem da vila, que ela estava tentando proteger.*

*Os pais, constrangidos, imediatamente foram a Hakuin para
ver se ele poderia devolver a guarda do bebê. Com profusas
desculpas, explicaram o que tinha acontecido.*

— É mesmo? — disse Hakuin enquanto devolvia a criança.

•

Você poderia responder dessa maneira a falsas acusações?

Receberia o bebê e cuidaria?

Depois de se apegar à criança, poderia devolvê-la?

Essa não é apenas uma lenda do passado. É uma história real. Quando pudermos adentrar esse nível de sabedoria, nada nos fará sofrer. Sei que não é fácil. É preciso compreender a transitoriedade e estar em paz com a própria consciência. Mesmo quando fazemos o correto e vivemos de forma ética, podemos ser acusados de falsidade.

Certa feita, fui acusada falsamente e chamada para me explicar em minha sede administrativa no Japão. Quando cheguei, minha superiora, Aoyama Shundo Docho Roshi, me esperava em um pequeno café, na entrada do edifício. Enquanto saboreávamos uma xícara de chá verde, Aoyama Roshi falou:

— Essas acusações falsas são uma vergonha. Ouça meu conselho. Não se defenda, não diga nada. Apenas agradeça e se afaste de suas funções no templo de São Paulo.

Eu sempre a respeitei muito e me propus a entrar na sala e ficar em silêncio, seguindo seus sábios conselhos. Mas, realmente, não consegui. Eu ainda não havia atingido o estágio de tranquilidade e sabedoria do mestre Hakuin.

Depois das acusações, insisti sobre os documentos todos que trouxera comprovando que todas as acusações eram falsas. Havia muitas testemunhas de peso e de valor que escreveram explicando o mal-entendido.

Havia sido publicado em uma revista ou jornal que eu era a Superintendente-geral (chamada de bispo) da América do Sul. Foi um erro, e o próprio jornalista escreveu uma carta se desculpando e dizendo que o erro fora dele, que eu nunca me fizera passar por "bispo".

Mas os outros não queriam ler nem ouvir explicações. A reunião seguiu até a hora do almoço. Eu tinha várias cartas e outros documentos provando minha inocência. Quando percebi que realmente não queriam ouvir minha defesa, olhei para minha superiora e disse:

— Compreendo que os senhores querem que eu saia do templo onde estive por seis anos. Está bem. Saio. Recomeço do zero.

Nosso superior-geral, que tudo acompanhava, disse:

— Muito bem! Mas você continua sendo nossa missionária oficial. Apenas abra um novo espaço.

Minha superiora não se conteve e, após esse veredicto, falou:

— Como me envergonhou ouvir o que ouvi aqui hoje. Durante anos a monja Coen cuidou de um templo, teve discípulos, fez com que ele crescesse e desenvolvesse. Ela deveria receber um prêmio por isso, e não essa conversa absurda. E, apontando para as pessoas que trouxeram as acusações, disse:

— Que lamentável que pensem assim, de forma tacanha. Com certeza, tudo o que forem fazer não terá bons resultados. Não porque eu os esteja amaldiçoando ou vá fazer algo contra. Mas essa maneira de ser e pensar no mundo só leva ao fracasso e à perda.

Depois disso, saímos da sala de reuniões. Ninguém disse mais nada. Fomos todos almoçar juntos no restaurante da nossa sede administrativa, como grandes amigos — as pessoas que mentiram e eu. Se houve quem duvidasse, nós sabíamos que era falso. Como podiam esses senhores, um deles de cabelos brancos, mentir assim à minha frente? Educadamente nos alimentamos e nos despedimos — sem nenhuma cena.

Que carma seria esse? — pensei eu. Como ficariam essas pessoas? Como poderiam me olhar sabendo de suas mentiras? Agiam pensando no bem? Nas vantagens que poderiam obter se recebessem apoio e financiamento do Japão para aumentar as edificações do templo — coisa que eu sozinha provavelmente não teria?

Sentir-se-iam poderosos por me afastar, visto que eu discordara de certas decisões em reuniões de diretoria? Tinham medo de que "brasileiros" tomassem o templo japonês?

Senti a força de movimentos políticos difamatórios, capazes de criar provas falsas. Percebi que outros interesses fazem com que você seja ouvida ou não, independentemente das provas verdadeiras que tenha.

E aprendi também a me desapegar — tanto das minhas atividades naquele templo como de meu grupo de discípulos e de inúmeros relacionamentos criados em anos de prática assídua e correta.

Recomecei do zero. Eu e um pequeno grupo de praticantes de zazen fomos meditar na sala de visitas de um apartamento de um praticante. Meses depois, um grupo de 17 pessoas se reuniu, alugamos uma pequena sala e criamos um estatuto.

Hoje só tenho a agradecer às pessoas que, querendo me afastar por meio de mentiras e falsidades, acabaram sendo um instrumento de libertação e crescimento para mim. Se estivesse até hoje naquele templo, muito voltado a serviços memoriais e enterros, talvez não estivesse aqui, escrevendo este livro.

Então posso compreender o mestre Hakuin e sua condição iluminada de apenas responder e acolher o que chegasse até ele com as palavras "é mesmo?".

31   Proteger o Darma

Certo dia, Sakra Devanam Indra perguntou a Buda:
— Como posso proteger aqueles que queiram praticar o
Darma?
Buda respondeu perguntando:
— Você pode ver o Darma que quer proteger? Onde está?
O desejo de proteger o Darma é como o desejo de proteger o
próprio espaço. Praticantes protegem o Darma e a si mesmos
ao viver na verdade.

•

O Darma significa a Lei Verdadeira. No budismo se refere
aos ensinamentos de Buda, que se caracterizam por: impermanência, não eu, lei da causalidade ou interdependência e
Nirvana — estado de paz e tranquilidade.

Indra é uma deidade indiana. A relação entre Budas e dei-
dades é diferente de outras tradições. Os seres celestiais cos-
tumam descer dos céus para pedir ensinamentos aos Budas.

A intenção de Indra é boa. Mas está dual. Faz uma separação entre os ensinamentos e os praticantes dos ensinamentos.
A única maneira de proteger os ensinamentos é vivenciá-los.
Por isso, Buda responde que quem vive a verdade é quem
protege o Darma e a si mesmo.

•

O Darma, incomparavelmente profundo e infinitamente sutil
É raramente encontrado, mesmo em centenas de milhões
de anos
Agora podemos vê-lo, ouvi-lo e compreendê-lo
Que possamos completamente clarificar o verdadeiro significado dos ensinamentos do Tatagata. (Buda)

•

O poema acima é recitado antes de um mestre ou uma mestra expor um ensinamento de Buda. O Darma é como o oceano — profundo e sutil. Raras pessoas o encontram em muitas eras. Se o encontrarmos, devemos esclarecer o verdadeiro significado dos ensinamentos — isso é preservar a verdade e o Caminho.

32   O bambu e a lua

Um jovem de 12 anos foi visitar o templo com seu pai. Tudo era novidade. Enquanto seu pai conversava com o abade, ele se esgueirou para a sala de Buda. Lá estava um monge, recitando em voz alta:

*"A sombra do bambu
Varre os degraus da entrada
Sem perturbar a poeira.*

*A lua penetra o fundo do lago
Sem deixar qualquer marca na água."*

O jovem se alegrou. Tudo agora fazia sentido. A sombra não perturba, a lua não deixa marcas. "Essa é uma maneira de viver que eu gostaria de seguir."

Quando o pai o encontrou, ele estava sentado em meditação, absorvido a observar a sombra do bambu varrendo o chão e a lua penetrando o fundo do lago.

No ano seguinte, seu pai faleceu e Mugaku Sogen (1226-1286) entrou para a vida monástica e se tornou um grande professor.

•

Tornar-se invisível. Fazer o bem sem o mencionar. Ter profundidade sem alardear. Ser capaz de reconhecer suas faltas e rapidamente cuidar para as reparar — esse é o caminho dos seres superiores.

Um poema simples e profundo inspirou o jovem Sogen a uma existência digna e suave. Maneira de homenagear a memória de seu pai.

Devemos ter cuidado para não envergonhar nossos ancestrais com nosso comportamento, palavras e pensamentos.

33   Venerável monge

Houve um dia em que o mestre Obaku deixou seus discípulos e entrou no Templo Dai-an. Misturou-se com os outros a limpar e varrer a sala de Buda e a sala de palestras. Ninguém notou que era o mestre Obaku — fundador de uma ordem zen-budista.

Pouco tempo depois, o primeiro-ministro Haikyu foi ao templo para oferecer incenso e foi recebido por um dos monges oficiais do templo.

O primeiro-ministro observou uma pintura na parede representando um religioso e perguntou:

— Que figura é essa?

E o monge respondeu:

— É o desenho de um venerável monge.

O primeiro-ministro disse:

— Posso ver o desenho, mas onde está o venerável monge?

Nenhum dos monges presentes puderam responder. Então ele perguntou:

— Há alguém que pratique zazen neste templo?

Um dos monges disse:

— Recentemente chegou um monge para trabalhar no templo. Ele parece ser uma pessoa de zazen.

O primeiro-ministro pediu que o chamassem e, assim que mestre Obaku chegou, ele lhe fez a mesma pergunta, dizendo:

— Sua resposta poderá modificar minha vida. Por favor, me responda: aqui na parede vejo o desenho, mas onde está o venerável monge?

Mestre Obaku gritou:
— Primeiro-ministro!
E ele respondeu:
— Sim.
O mestre:
— Onde o senhor está?
O primeiro-ministro ficou tão feliz, como se houvesse rece-
bido uma pérola do nó de cabelo de Buda, e disse:
— Meu mestre é verdadeiramente um venerável monge.

●

A pergunta do primeiro-ministro demonstra que sua mente estava dividida entre a apresentação abstrata do monge e sua verdadeira figura. É uma questão sobre pontos de vista ideais e reais.

Ao gritar o cargo do primeiro-ministro, o monge o trouxe para a realidade presente. Um som concreto e forte. Em seguida, ainda perguntou: "Onde o senhor está?". Seria possível estar em algum outro local senão aqui?

Mestre Obaku rompe o pensamento dualista e o primeiro-ministro encontrou o venerável monge.

Quem é esse venerável monge? Seria mestre Obaku? Seria o primeiro-ministro? Seria o seu eu verdadeiro?

E como é isso em sua vida pessoal? Você é capaz de encontrar essa pessoa venerável em sua própria vida? Você a encontra na realidade?

Essa é a missão de cada um de nós.

34   A bela monja

A irmã de mestre Ryoan Emyô (1337-1411), fundador do Mosteiro de Daiyuzan Saijoji, era uma jovem belíssima. Inspirada pela prática de seu irmão, pediu para se tornar monástica.

— Mas você é tão bela. Isso será um obstáculo. Não posso permitir.

Entristecida, ela se afastou. Nessa noite, como estava muito frio, acenderam os pequenos aquecedores de carvão nos aposentos. Peças bonitas de porcelana pintada que mantinham a sala aquecida. Para arrumar os carvões em brasa, havia um par de hashis de ferro. A jovem aqueceu os dois bastões finos de ferro até que ficassem em brasa e, sem hesitar, queimou a própria face.

No desespero da dor que se seguiu, saiu correndo em meio à floresta, até a dor diminuir. Seu irmão, notando a determinação da jovem, a ordenou algum tempo depois.

Hoje, há um altar especial nos jardins do templo, e o caminho que ela percorreu depois de queimar a face é um local sagrado. Muitas pessoas vão até lá pedir milagres e muitos dizem ter seus pedidos atendidos, pois a bela jovem, que queimara sua face, havia se tornado uma santa.

•

Quando a nossa decisão é verdadeira, transformamos os obstáculos em portais.

Não recomendo que ninguém assim o faça, ainda mais porque hoje em dia a beleza não é obstáculo à prática do Caminho. Mas recomendo que saibam tomar decisões acertadas e mantenham-se firmes em seus propósitos.

Muitas vezes, a própria vida nos questiona sobre nossas escolhas. Se tivermos convicção verdadeira, os portais se abrirão.

Quando pedi para me tornar monja, meu mestre disse:

— Mas você veio de uma educação cristã. Como poderia ser monja budista?

Todas as semanas eu tornava a pedir os votos monásticos. Minha mãe, no Brasil, também me questionava:

— Por que não se torna uma freira católica, religião de nossa tradição, nossa família?

Para responder à minha mãe, eu me sentava em meditação e me questionava profundamente. Em certa ocasião, imaginei Jesus e Buda sentados em poltronas, lado a lado, amigos, conversando e sorrindo. No dia seguinte, minha mãe me abençoou e meu mestre marcou minha ordenação. Eu estava convicta de meu voto.

Qual é o seu voto? O que você quer viver e como quer viver sua vida? Não perca tempo. Descubra e seja feliz.

35 A monja perseguida

Como seu irmão bem imaginara, a beleza da monja em um local de prática masculina acabou causando problemas.

Havia um monge que sempre sussurrava palavras de amor e a perseguia pelos longos corredores do mosteiro e pelos bosques. Ela sempre o rechaçava.

Certa noite, o abade subiu ao altar para fazer uma palestra do Darma. Ao terminar, perguntou se alguém tinha dúvida, se algo ficara obscuro.

Nesse momento, a jovem monja subiu ao altar e, abrindo seus hábitos monásticos, disse:

— Há um monge que sempre me persegue dizendo que me quer ver nua. Pois aqui estou.

Os monásticos todos abaixaram os olhos. Apenas o culpado a olhou. Ele foi expulso do mosteiro.

•

O direito das mulheres à prática do Darma foi defendido no século XIV pela monja valente. Uma atitude extrema para terminar com o abuso sexual.

As pessoas que sofrem abusos não devem se calar. É necessário encontrar momentos adequados para tornar público o abuso a fim de que as pessoas envolvidas sejam reconhecidas e tratadas.

Quando estive no primeiro Fórum Social Mundial, em Porto Alegre, criamos uma Tenda Zen. Meditação, caminhada meditativa e roda de conversas, reflexões. Numa dessas rodas, uma assistente social do Norte do Brasil revelou o seguinte:

— A jovem chegou toda machucada, depois de haver apanhado do companheiro. Eu disse a ela que não admitisse esse tratamento. Sabe o que ela me respondeu? "Por que não? Minha avó, minhas tias, minha mãe, minhas irmãs, todas apanham."

É preciso mudar essa atitude. Nenhum abuso, seja físico ou moral, pode ser aceito, encoberto.

No Japão há a seguinte frase sobre discriminação: "Shinai, sasenai, yurusanai", ou seja, "Não faça, não permita que façam e não desculpe quem faz".

Se seguirmos esse princípio, teremos uma sociedade menos violenta, mais justa e harmoniosa.

36   A pedra no bambu

O monge Kyogen Chikan era muito inteligente e vigoroso. Estava na ordem do mestre Isan Reiyu (771-853). Tinha um vasto conhecimento sobre muitas coisas.

Certo dia, o mestre Isan Reiyu disse a ele:

— O que você fala em sua vida diária são sentenças e comentários de livros. Você é muito bom em memorizar e repetir frases. Será que poderia me dizer alguma coisa da época em que era tão jovem que não reconhecia a diferença entre leste e oeste?

O monge tentou dizer algo para explicar, mas as palavras foram inadequadas. Então procurou nos escritos, nos livros de sua vasta biblioteca, mas não encontrou resposta satisfatória. Chorou muito. Tão desapontado ficou que destruiu os livros e concluiu:

— Não tenho a menor esperança em compreender o Zen nesta existência. Melhor ir para as montanhas e praticar a sós.

Assim o fez. Foi para o Monte Buto, construiu um casebre e passou a viver de forma simples, praticando a meditação.

Certo dia, quando varria o chão de terra, um pedregulho bateu no bambu e fez um som forte. Kyogen Chikan se iluminou e escreveu o seguinte poema:

A pedra bateu no bambu
Minha consciência desapareceu.
Sem me preocupar em melhorar corpo-mente
Tornei-me como os antigos Ancestrais do Darma
Nunca mais minha mente escurecerá

Sem deixar marcas da minha passagem
Fui além do som e da forma
Em todo o país
Os que obtiveram o estado Buda
Serão capazes de me reconhecer
Como alguém que trilha o Caminho Supremo.

Ao ouvir o poema, mestre Isan Reiyu disse:
— A criança amadureceu.

•

O monge Kyogen era inteligente e tinha grande conhecimento intelectual, sem dúvida alguma. Entretanto, seu conhecimento era superficial. Assim, seu mestre o fez perceber sua arrogância.

Envergonhado e triste, foi viver a sós na montanha. Sem se importar em impressionar ninguém, percebeu que o intelecto apenas era insuficiente para obter a verdade de Buda. Sem ideia de ganho, sem objetivos especiais, foi capaz de transcender a si mesmo e obter o Caminho.

O caso do monge Kyogen é muito conhecido e sempre repetido nos círculos zen-budistas, para estimular praticantes à prática da humildade.

O conhecimento intelectual pode ser um obstáculo ao Caminho. Muitas pessoas são pegas nessa armadilha. Leem muito, decoram frases bonitas, mas não penetram seu significado mais profundo.

É preciso juntar os estudos, as leituras, a mente intelectual com a prática sincera e simples de olhar em profundidade, sem esperar receber notas altas, aprovação das outras pessoas, títulos e medalhas. No momento em que há a entrega, a confiança, a aceitação e a gratidão — como dizia o professor Hermógenes[9] —, a iluminação é percebida no silêncio absoluto do agora.

---

9. Professor Hermógenes foi um dos pioneiros da ioga no Brasil. Faleceu em 2015, deixando um grande número de discípulos, livros e poemas e o ensinamento de que sua vida era a ioga.

37   O carvão iluminado

O monge Isan Reiyu, quando tinha 23 anos, foi visitar o mestre Hyakujo Ekai (720-814). Certo dia, ele estava servindo como atendente pessoal do mestre, que lhe perguntou:

— Quem é você?

— Sou Isan — respondeu o monge.

— Por favor, Isan, procure em meio às cinzas da fornalha se ainda há um carvão queimando.

O jovem monge revirou as cinzas e voltou-se ao mestre, dizendo:

— Senhor, não há mais carvão queimando.

Mestre Hyakujo levantou-se de seu assento, mexeu nas cinzas e lá do fundo extraiu um pequenino e brilhante carvão em brasa. Virou-se para Isan e perguntou:

— Este não é um pedaço em brasa?

O monge Isan fez uma profunda reverência, e o mestre comentou:

— Para acessar a natureza Buda, é preciso esperar pelo momento correto e pelas condições corretas. Quando o tempo chega, a pessoa desperta como se despertasse de um sonho. É como se a memória lembrasse de algo há muito esquecido. A pessoa reconhece que o obtido sempre foi seu e não veio de fora de si mesmo.

•

Há um momento correto para o despertar. A analogia antiga é a da galinha e do pintinho. A galinha choca o ovo e, de tempos em tempos, dá pequenas bicadas para verificar se o pintinho já está pronto. Enquanto o pintinho não responder, ela não abre a casca do ovo.

Da mesma maneira, os mestres e as mestras zen aguardam o momento certo e as circunstâncias adequadas para quebrar a casca. O pintinho também ajuda do outro lado e, finalmente, sai livre para outra realidade.

Assim a nossa mente precisa ser testada. No caso apresentado, mestre Hyakujo testa a plena atenção do monge Isan. Quem está completamente presente numa sala onde haja uma fornalha, ou lareira, pode ouvir o som do carvão ainda queimando, pode sentir o odor da brasa, que é diferente do da cinza. Mas, se a mente estiver vagando ou muito centrada em si mesmo, não o perceberá.

Há no Japão uma cerimônia de apreciação de diversas fragrâncias de incenso. Nessa cerimônia coloca-se um pequenino carvão especial em brasa, sobre cinzas, dentro de um recipiente de porcelana ou ferro. Então, um pequenino pedaço de madeira perfumada é depositado sobre o carvão. Embora as fragrâncias sejam diferentes e seja esta a arte de reconhecer de que árvore vieram, a cerimônia é chamada de "ouvir o incenso". Além de sentir o cheiro, podemos ouvir o som da madeira queimando — tal o silêncio da mente e da sala.

No teste de mestre Hyakujo, o jovem Isan falhou.

O mestre imediatamente mostra que ainda há o que perceber mesmo nas cinzas, há vida, há brasa. O jovem compreende o ensinamento e faz uma reverência em profunda gratidão e respeito. Essa é a maneira adequada de nos comportar ao recebermos instrução.

38   Seguir após a morte

Nansen Fugan (748-834), que foi ordenado monge aos 10 anos, acabou se tornando um grande mestre zen. Quando tinha 48 anos, construiu um pequeno templo no topo da Montanha Nansen, de onde nunca mais saiu.

Pouco antes de morrer, o líder dos monges residentes perguntou ao mestre:

— Para onde o senhor irá depois de morrer?

O mestre respondeu:

— Vou descer a montanha e me tornar um búfalo nas águas.

E o monge perguntou:

— Será possível, para mim, segui-lo até lá?

O mestre respondeu:

— Se quiser me seguir, você precisará vir com um pedaço de palha na boca.

•

Só poderá me seguir se também se tornar um búfalo — a resposta do mestre. O monge quer saber para onde o mestre vai após a morte. Isso no Zen é irrelevante.

Dizer que se tornará um búfalo vivendo próximo das águas significa que, onde quer que a vida se manifeste, estará em seu elemento.

Meu mestre de transmissão do Darma — aquele que autenticou a minha compreensão dos ensinamentos — teve câncer e durante sete anos foi emagrecendo até o fim de sua vida. Nos primeiros cinco anos, continuou suas atividades de mestre zen, participando de todos os retiros, dando aulas e palestras.

Em uma de suas últimas palestras, disse:

— Quando eu morrer, posso renascer como um touro. E serei um touro apenas. Sem nenhuma memória de ter sido um monge, sem me preocupar com meu passado e meu futuro. Quem disse que é melhor nascer humano? Isso são valores humanos. Nós damos valor às coisas, criamos até mesmo religiões baseadas em nossos valores. A vida é maior do que isso. Maior que os 2.600 anos de budismo e tudo o que decorreu desde Xaquiamuni Buda. Embora os textos sagrados digam que é melhor nascer humano, eu não concordo. Não há melhor nem pior. Há apenas o contínuo fluxo da existência.

Lembrei-me do *Livro Tibetano dos Mortos*, que eu lera quando jovem. Há um capítulo que descreve um campo verde, tranquilo. No meio do campo há uma árvore e, à sua sombra, um cavalo marrom. Pensei comigo:

— Ah! Aqui seria um bom lugar para renascer.

Mas logo em seguida o texto diz:

— Cuidado! Se sentir atração por esse local, irá renascer cavalo.

Na palestra, meu mestre desconstruía o pensamento de que é melhor nascer humano.

Para onde vamos após a morte? Será que a pergunta deveria ser para onde a morte nos leva ou onde a morte nos deixa?

•

"A vida é um período em si mesmo, com começo, meio e fim.
A morte é um período em si mesmo, com começo, meio e fim.
Assim como a vida não se transforma em morte, também a morte não se transforma em vida."

(Mestre Eihei Dogen – século XIII)

•

Os ensinamentos clássicos de Buda dizem que, conforme o carma produzido nesta existência, será o mundo que se abrirá na morte.

Vida-morte são um único círculo. Podemos marcar um ponto nessa circunferência como o início. Outro ponto como o final. Meia circunferência. A primeira metade da circunferência é o tempo da vida. Pode ser um ou 100 anos. A outra metade se refere aos 49 dias após a morte.

No budismo tibetano, seriam os 49 bardos, ou estágios, a serem atravessados após a morte. Durante 49 dias nosso espírito vagaria de bardo em bardo. Conforme nossos apegos, se sentiria atraído a renascer em uma determinada forma de vida. Entretanto, nesse período também estaria passando por um processo incessante de transformação. Assim, a pessoa que morre nunca é a mesma que renasce.

As ondas do mar são geradas por outras ondas do mar, mas cada uma é única e todas são água salgada. Assim são nossas existências.

A beleza do ensinamento do mestre Nansen está na sua humildade e simplicidade. "Descerei da montanha para ser um búfalo nas águas." Um animal no seu elemento natural. Só isso e nada mais.

39 Você está?

Todas as manhãs, mestre Zuigan (século XIII), antes de sair
de seus aposentos, chamava a si mesmo:
— Mestre Zuigan!
E respondia:
— Sim!
Dizia então:
— Você está?
Respondia:
— Sim! Estou aqui!
E completava:
— Então desperte! Não seja enganado!

•

Não há muito mais informações sobre mestre Zuigan, além de que ele foi contemporâneo de mestre Dogen Zenji, fundador da tradição Soto Zen Shu, no Japão, no século XIII. Mas esse hábito de chamar a si mesmo, para seu próprio despertar, ficou famoso.

Você reconhece o mestre, a mestra em você? Responde quando chamado? Está presente no agora e no aqui?

Lembre-se, então, de despertar, de não se enganar a si nem aos outros. De não ser enganada nem por si mesma nem pelos outros. Esse é o princípio do despertar.

Além das manipulações internas ou externas. Estar presente, além da delusão. Delusão significa acreditar na ilusão. Há vários tipos de ilusão, como, por exemplo, a de óptica.

Ao vermos um mágico tirar um coelho de uma cartola, sabemos que foi um truque, que foi ilusão da nossa percepção. Não acreditamos que ele fez surgir um coelho do nada. Se acreditássemos que ele fez o coelho aparecer do vazio — não que o tivesse escondido e sido mais rápido que nossos olhos, por exemplo —, essa crença seria chamada de delusão.

•

Estamos todos inter-relacionados a tudo. Quando nos imaginamos separados, estamos deludidos.

Cada pessoa é única neste mundo, mas somos todos seres humanos e somos todos a vida da Terra. Não vivemos sem as outras formas de vida, sem o sol, a lua, as estrelas. Não sobreviveríamos sem a lama, as águas, os minerais, os animais, os vegetais, os insetos, os peixes, e assim por diante. Tudo é vida e somos vida. Apreciemos, pois, sem delusão. Acorde!

40   Seppo e os macacos

Quando mestre Seppo Gison (822-908) estava passeando com o monge Sansho Enen, viram um grupo de macacos.
Mestre Seppo disse:
— Cada um desses macacos está carregando um espelho eterno em suas costas.
O monge Sansho perguntou:
— A situação tem permanecido inominável por muitas eras. Por que o senhor a descreve com as palavras "espelho eterno"?
Mestre Seppo respondeu:
— Surgiu uma rachadura.
O monge Sansho replicou:
— O venerável monge, com 1.500 discípulos, não pode nem mesmo reconhecer o significado das palavras!
Mestre Seppo respondeu:
— Estou muito ocupado em minha prática de mestre do templo.

•

O espelho eterno é um símbolo budista para a intuição, para a habilidade intuitiva — comum entre seres humanos e, aqui, o mestre afirma que macacos também a possuem.

Ora, seu discípulo discorda da sua denominação para o que está além das palavras. Mestre Seppo comenta que uma rachadura surgiu — apontando para a dualidade da afirmação de seu discípulo. O que estava uno e perfeito tem agora uma fenda. Mas o monge ainda não o compreende e, grosseiramente, diz que o mestre, com tantos discípulos, ainda é ignorante da filosofia budista.

A grandeza do mestre aqui se revela. Ele não fica irritado. Não se exalta. Aceita a crítica calmamente. Atitude difícil de manter.

Alguns até diziam que mestre Seppo era educado demais. Entretanto, esta é uma das características de um grande mestre zen: manter-se tranquilo e gentil mesmo quando grosseiramente atacado.

•

Tive a oportunidade de praticar com alguns mestres que possuíam essa qualidade. Inúmeras vezes fui reclamar para minha superiora no Mosteiro Feminino de Nagoya sobre o comportamento das outras monjas ou sobre minhas expectativas de prática. Cheguei mesmo, algumas vezes, a ser grosseira com nossa grande mestra.

Ela, porém, nunca se exaltou. Sempre me olhava com ternura e firmeza, dizendo:

— Se você mudar, se o seu olhar mudar, tudo se transformará. O erro está na sua maneira de ver a realidade. Não nos outros, não na realidade.

Levei muitos e muitos anos para a compreender. Hoje sinto uma profunda ternura e respeito incomensurável pelos seus ensinamentos. Quem sabe, algum dia no futuro serei capaz de uma atitude tão gentil e sábia.

41   A essência indestrutível

Um monge perguntou ao mestre Joshu Jushin (778-897):
— Antes de o mundo existir, a essência do mundo existia.
Após o mundo ser destruído, a essência do mundo não será
destruída. O que é essa essência indestrutível?
Mestre Joshu disse:
— Os quatro elementos e os cinco agregados.
O monge replicou:
— Isso é o que é destruído. Qual a essência que não é destruída?
Mestre Joshu disse:
— Os quatro elementos e os cinco agregados.

•

O monge cogitava que houvesse uma essência neste mundo
que existisse antes de o mundo surgir e que continuasse após
sua destruição.

Mestre Joshu responde com a descrição do mundo material, ou seja, a essência não é diferente do mundo físico. Não
podemos dividir o mundo em duas partes: existência eterna
e matéria física, porque na realidade elas são inseparáveis.

O budismo ensina que podemos encontrar a essência no
mundo objetivo e que é ela que nos permite dar valor ao mundo
objetivo. Por isso mestre Joshu foi firme e incisivo. A essência
são os quatro elementos e os cinco agregados. Não podemos
separar a criatura do criador — seria a expressão usada por
outras tradições espirituais. Os quatro elementos básicos são:
água, terra, fogo e ar. Os cinco agregados são: corpo físico,
sensações, percepções, conexões neurais e consciência.

42   Dois monges

Na época de Xaquiamuni Buda, todos os monges e monjas faziam o voto da castidade e do celibato. Por isso, era proibido que tocassem pessoas do sexo oposto.

Pois estavam dois monges para atravessar um rio de forte correnteza, quando encontraram na margem uma jovem que pedia auxílio. Ela estava com graves problemas a resolver do outro lado da margem e não sabia nadar. Temia ser levada pela correnteza forte. Pediu aos monges que a ajudassem.

O primeiro monge se recusou, dizendo que não poderia tocá--la. E atravessou o rio sozinho. O segundo monge se apiedou e deixou que ela se apoiasse em seu braço. Assim chegaram até a outra margem. A jovem agradeceu e se foi.

Os dois monges continuaram caminhando lado a lado. O primeiro, de cara fechada, nem mesmo olhava para seu companheiro. Até que este, finalmente, perguntou:

— Por que você está tão irritado?

— Por quê? Porque você tocou uma mulher, quebrou os votos monásticos. Você segurou a moça.

— Sim — disse o outro —, mas eu a larguei em seguida. Você é quem continua a carregar aquela jovem.

•

Quantas coisas, situações, sentimentos, emoções carregamos desnecessariamente?

No momento em que houve a necessidade de segurar a jovem para atravessar o rio, o monge se disponibilizou, sem nenhum outro pensamento a não ser o de ajudar um ser humano necessitado. O outro, preso às regras, não foi capaz de ajudar e, muito pelo contrário, carregou em si a jovem por horas e horas junto com a irritação e o mau humor.

Os Preceitos de Buda foram criados pelo próprio Buda durante a vida comunitária. Revelam o que seria mais adequado para que os/as praticantes se libertassem das amarras e das paixões mundanas. Entretanto, algumas pessoas se apegam tanto às regras que acabam quebrando as próprias regras, pensando que as estão mantendo.

Essa história reflete bem esse caso. O monge deixou a jovem na margem do rio e o outro a carregou por horas. Assim fazemos com emoções e sensações. Algumas benéficas e outras prejudiciais. Remoendo emoções e sentimentos, acabamos nos amargurando e criando sofrimento desnecessário. Como diz o psiquiatra Ovidio Waldemar, de Porto Alegre: "A vida nos dá flechadas. Por que enfiar outras flechas sobre as flechadas da vida?".

Dor, sofrimento, perdas existem. Por que ficar cutucando as feridas mais e mais? Deixemos que cicatrizem e apreciemos a vida estando presente onde estivermos e fazendo o bem a todos os seres.

43   Águia azul

Todos os mestres e todas as mestras zen procuram por seus sucessores. Sua missão se completa quando encontram uma ou várias pessoas capazes de levar adiante os ensinamentos da tradição, sem adulterar e sem se fixar.

Mestre Daiyo Kyogen (943-1027), da tradição Soto Zen, na China, não conseguiu encontrar um herdeiro do Darma durante sua vida. Assim, confiou a seu amigo da tradição Rinzai, o monge Fusan Hoen (991-1067), a tarefa de encontrar um herdeiro do Darma para ele. Fusan Hoen se tornou um grande professor na sua linhagem e era conhecido como mestre zen Enkan.

Certa noite, mestre Enkan sonhou com uma águia azul. Na manhã seguinte, um monge apareceu em seu templo. O mestre perguntou seu nome, e ele respondeu que era Tosu Gisei (1032-1083).

Ora, Gisei significa a cor azul ou verde, em chinês. Assim, mestre Enkan considerou que talvez a chegada desse monge fosse o sentido de seu sonho da noite anterior e o convidou a residir no templo.

Depois de três anos, o mestre fez uma pergunta a Tosu Gisei e, quando ele ia responder, o mestre o impediu usando a mão para cobrir a boca dele.

Outros três anos se passaram, e o mestre o examinou sobre os ensinamentos dos Cinco Níveis do Mestre Tozan Ryokai (807-869), monge muito importante da tradição Soto Zen. Foi aprovado.

Sendo assim, mestre Enkan passou a ele o manto de discípulo e a tigela que pertenceram a seu amigo Daiyo Kyogen, tornando-o herdeiro do Darma e direto sucessor de seu falecido amigo.

Esse foi o único caso na história do zen em que o mestre mor-
reu antes de transmitir o Darma e que um amigo fez por ele a
transmissão. Por isso, Tosu Gisei foi honrado com o título de
Myo Zoku Daishi – Grande Mestre da Maravilhosa Continuidade.

•

A Transmissão do Darma é a confirmação de que a pessoa
se tornou capaz de compreender, praticar, receber e transmitir os ensinamentos de Buda.

Ora, o monge que faleceu era da tradição Soto. Seu amigo era
da tradição Rinzai. Embora ambas as ordens sejam zen-budistas, há grandes diferenças entre elas nos aspectos da prática.

Se na Soto Zen os praticantes se sentam voltados para a
parede, na escola Rinzai Shu eles se sentam voltados para o
centro da sala. Na tradição Soto Zen os Koans são usados,
mas não de forma sistemática como na Rinzai Shu. Há várias
outras diferenças e similaridades.

O amigo do falecido monge se torna um grande mestre
da sua ordem, mas não se esquece jamais do pedido de seu
amigo. Aguarda aquele que viria a ser o sucessor verdadeiro.

Então, em um sonho, aparece a águia azul. Águia, pássaro
que voa nas maiores alturas. O que significaria esse sonho?

Na manhã seguinte chega o jovem monástico cujo nome é
Gisei (azul). Seria ele a águia azul, o sucessor de seu amigo?

O mestre o recebe e o testa a cada três anos. Na segunda vez
o reconhece capaz de ser o sucessor da linhagem Soto, pois
o investiga com os Cinco Níveis de Mestre Tozan. A primeira
sílaba do nome de mestre Tozan é a segunda sílaba do nome
da ordem Soto, tal a sua importância.

Os Cinco Níveis de Mestre Tozan podem ser assim descritos:

1. O Aparente dentro do Real
2. O Real dentro do Aparente
3. O Surgir de dentro do Real
4. O Atingir a mútua integração
5. A Unidade obtida

Mestre Tozan escreveu também um poema para cada nível,
a fim de esclarecer seu significado:

1.

Na terceira hora da noite
Antes de a lua surgir
Não importa quem encontremos
Não há reconhecimento!
Ainda mantenho em meu coração
A beleza dos primeiros dias.

2.

Uma vovó sonolenta
Encontra a si mesma em um velho espelho.
Claramente ela vê uma face
Mas não se parece nem um pouco com ela.
Muito mal, com a mente turva
Ela tenta reconhecer seu reflexo.

3.

Dentro do vazio há um caminho
Que leva para longe da poeira do mundo.
Mesmo que você observe o tabu
Do nome do atual imperador
Você superará a eloquência do passado
Que silenciava cada língua.

4.

Quando duas espadas se cruzam ponta com ponta
Não há necessidade de retroceder
O mestre espadachim
É como a lótus desabrochando no fogo
Tal pessoa tem em si e para si
O espírito que faz ressoar o céu.

5.

Quem se atreve a igualá-lo
Quem não cai no ser ou não ser
Todas as pessoas querem deixar
A correnteza da vida comum
Mas ele, depois de tudo, retorna
Para se sentar entre carvões e cinzas.

44   Pegar de volta

O monge Genyo Zenshin perguntou ao mestre Joshu Jushin:
— O que devemos fazer quando não temos mais nada?
Mestre Joshu respondeu:
— Jogue tudo fora.
O monge disse:
— Eu não tenho nada, como posso jogar fora?
Mestre Joshu:
— Então, pegue tudo.

●

Mestre Joshu, conhecido como "os lábios zen", não era de muitas palavras.

Nesse caso, vemos o jovem monge ainda em estado de dualidade, querendo mostrar ao mestre que está livre, que não tem mais nada a descartar. E o monge sábio diz a ele que não se preocupe, jogue fora esse pensar.

O monge não compreende e insiste na pergunta; o mestre responde para que ele pegue tudo, então. Ou seja, deixe de lado o pensamento de ter ou não ter e aja de forma adequada às circunstâncias.

O desapego pode ser outra forma de apego. Apego ao eu menor, que se orgulha de nada ter. Cuidado! São armadilhas do Caminho.

45 A senhora do chá

Mestre Hakuin Ekaku sempre elogiava a compreensão do zen de uma senhora. Ela era proprietária de uma casa de chá nas proximidades do mosteiro.

Os jovens praticantes, não podiam acreditar que a senhora da casa de chá pudesse ser tão sábia, decidiam ir por si mesmos conhecê-la e testá-la.

Sempre que a senhora os via se aproximando, era capaz de saber, num piscar de olhos, se estavam vindo pelo chá ou para testá-la sobre o Zen.

Caso viessem para tomar chá, ela os servia graciosamente. Caso viessem para testá-la, ela os convidava a ir para detrás da cortina, na parte posterior da casa de chá. Assim que lhe obedeciam, ela batia neles com um bastão.

Nove, em dez, não puderam escapar do seu bastão.

•

O que estava atrás da cortina era o preconceito. Com certeza, de gênero — como poderia uma senhora penetrar o Zen?

Outra discriminação era quanto à sua posição social: monges abandonavam suas casas e suas famílias. A senhora vivia no mundo do comércio. Como poderiam comparar seus votos, seus hábitos com a prática de uma mulher que vivia vendendo chá?

Os monges iam até a casa de chá puxados pela competitividade, comparações de poder, de sabedoria, e recebiam uma bastonada.

Aqueles que iam para o chá recebiam a fragrância das folhas frescas e suaves e um tratamento gentil. Assim é para todos nós. Se sairmos ao mundo para competir, para lutar, para brigar, para nos impor, para mostrar nossa competência e arrogância, por certo receberemos bastonadas. Mas, se formos ao mundo para compartilhar, servir, apreciar, com humildade e dignidade, receberemos o perfumado chá das primeiras folhas.

Atenção! A pessoa iluminada não se revela facilmente, mas percebe as intenções de todos. Entretanto, se os monges houvessem despertado, teriam notado o olhar e o andar simples e sereno que demonstravam a qualidade da iluminação da senhora da casa de chá.

46 Mahaprajapati

Xaquiamuni Buda deu uma palestra, explicando que todos os seres são iluminados. Ananda, seu primo e atendente, disse:

— Mestre, posso fazer uma pergunta?

— Claro, Ananda.

— Todos os seres, sem exceção?

— Sim, Ananda.

— Até as mulheres, mestre?

— Com certeza, Ananda. As mulheres também.

— Então, por que o mestre não dá a ordenação monástica a Mahaprajapati e suas seguidoras?

Buda silenciou. Refletiu e mais tarde transmitiu os Preceitos Monásticos a Mahaprajapati, iniciando assim a Ordem Feminina.

•

Mahaprajapati era a mãe adotiva de Buda. Irmã da rainha Maia, que morreu uma semana após o parto do menino Sidarta Gantama. Mahaprajapati, cujo nome significa líder de uma grande assembleia, cuidou do bebê como se fosse um dos seus filhos.

Quando ele retorna ao palácio, já líder espiritual, já como Buda, o Iluminado, ela o ouve com muita atenção. No momento da despedida, pede para ser ordenada monja junto com outras 500 mulheres. Mas Buda recusa:

— O que seria dos lares se as mulheres os abandonassem?

Mahaprajapati, entretanto, não desiste. Ela sai do castelo e o segue por grandes distâncias.

Em uma sociedade patriarcal, como era a Índia naquela época, as mulheres só tinham significado social quando acompanhadas por um homem — seu marido, filho, primo, tio, irmãos. Ora, houve inúmeras guerras e muitos homens morreram. Mulheres havia, mas sem parentes homens. Eram excluídas. Mahaprajapati as ensinou a costurar, cozinhar e viver do pouco que ganhavam com seu artesanato. A oportunidade de se tornarem monjas era uma solução nobre à sua posição social, além do crescimento espiritual e da vida de prática religiosa.

Nessa tarde, Buda chegara à casa de pessoas que o convidaram para dar ensinamentos. Na porta, Mahaprajapati e suas seguidoras — alguns textos dizem que eram 500 mulheres — o aguardavam. Elas estavam com os pés machucados e cobertos de poeira, em razão das longas estradas que percorreram para chegar àquela porta.

Buda entra na casa e não as convida a acompanhá-lo. Ananda, seu atendente, se apieda e se compromete a interceder por elas.

Assim ocorreu o diálogo acima e o início da Ordem Feminina de discípulas de Buda.

É preciso notar que mesmo um ser iluminado está sujeito às discriminações e preconceitos de sua época. Entretanto, é capaz de perceber e se desvencilhar das amarras de uma sociedade discriminatória e abrir o caminho da equidade.

47   Árvore sem sombra

Mestre Keizan Jokin perguntou à monja Mofuku Sonin:
— O inverno acabou e a primavera está chegando. Há uma
ordem para isso. Qual é sua compreensão?
A monja Sonin respondeu:
— Nos galhos de uma árvore sem sombra, como pode haver
qualquer estação?
Mestre Keizan perguntou:
— E sobre o exatamente agora?
A monja fez uma reverência e o mestre transmitiu a ela o
Darma e o manto de Buda.

●

Mofuku Sonin viveu durante o século XIV, no Japão. Foi discípula leiga de mestre Keizan, sendo ordenada em 1319. Seu
marido, alguns anos depois, também recebeu a ordenação,
com o nome de Myojo. Ambos respeitavam e confiavam plenamente em seu mestre, tanto que deram a ele uma grande
porção de terras e na escritura colocaram os seguintes dizeres: "As terras são doadas com total liberdade e confiança.
O reverendo Keizan pode usá-las como lhe aprouver, mesmo
que queira doá-las para pessoas sem teto ou debilitadas". Isso
era muito raro naquela época e mesmo hoje em dia. As doa-
ções eram feitas com cláusulas exigindo que um templo fosse
construído em determinado período. O casal de doadores,
praticantes e monges ajudou na construção de um mosteiro
que existe até hoje, chamado Yokoji.

Mas vamos à questão que mestre Keizan propõe. É uma questão simples e real.

Há uma ordem. A ordem da vida. Primavera, verão, outono, inverno. Ela compreende a ordem cósmica? Será que ainda confundiria a totalidade de cada momento?

O inverno é um período em si mesmo e a primavera, um período em si mesmo. O inverno não se torna primavera. O desabrochar da flor, o canto do rouxinol são a própria primavera. Assim como a neve é o inverno, o calor é o verão e no outono a lua é branquíssima.

A monja responde do ponto de vista do absoluto: árvore sem sombra — como falar de estações do ano?

O que é essa árvore sem sombra? Quem reconhece a árvore de luz absoluta? Qual é a terra sem positivo ou negativo? Onde positivo e negativo se entrelaçam, como o pé da frente e o pé detrás ao andar.

•

"Cada coisa tem seu valor intrínseco e está relacionada a tudo o mais em função e posição. Vida comum se encaixa no absoluto como uma caixa à sua tampa. O absoluto trabalha com o relativo como duas flechas se encontrando em pleno ar." (Trecho de um poema do século VIII, que se tornou parte da liturgia matinal dos templos da Soto Zen)

•

O mestre a chama para o relativo: e o agora?

Agora é a presença absoluta no momento absoluto. A reverência da monja consagra o momento da transmissão. Como as duas flechas que se encontram em pleno ar, ponta com ponta: seria apenas a técnica responsável por esse encontro?

Monja Sonin foi reconhecida como sucessora dos ensinamentos de mestre Keizan em 1323. Mais tarde se tornou abadessa do convento Entsu-in. Sem sombra de dúvidas.

48 Naropa

Naropa estudava na quietude de seus aposentos quando uma idosa surgiu e perguntou:

— O que o senhor está lendo?

Surpreendido pela inusitada pessoa o interrogando, Naropa respondeu:

— Estudo os ensinamentos de Buda.

A idosa perguntou:

— O senhor os compreende?

Naropa, sem titubear, respondeu:

— Compreendo cada palavra.

— Que maravilha para a Terra que tal estudioso exista — ela falou sorrindo. E perguntou: — O senhor compreende o sentido literal dos ensinamentos. Também compreende o sentido íntimo, essencial?

Naropa respondeu:

— Sim.

A expressão da idosa se transformou em tristeza e, com a voz trêmula, exclamou:

— Um grande estudioso e, ainda assim, mente.

Humilde, como um bom sábio, Naropa perguntou se ela conhecia quem compreendesse o essencial. A anciã respondeu que apenas seu irmão, Tilopa, era capaz de penetrar na essência do Darma.

Com lágrimas nos olhos, Naropa perguntou:

— Onde posso encontrá-lo?

Ela respondeu:

— Ele não está em uma direção particular. Pode estar em qualquer lugar. Se sua mente for correta, se houver confiança, fé, devoção, entrega e se realmente desejar encontrar a essência da essência, estará na direção correta. É onde Tilopa está.

•

Naropa, no século X, era conhecido como imbatível nos debates filosóficos budistas. Grande estudioso dos ensinamentos de Buda, havia nascido na casta bramânica (de sacerdotes hinduístas, o topo da pirâmide social indiana) e se tornara um tanto quanto arrogante por sua inteligência, estudos e capacidade de debate.

A idosa surge do nada e o questiona sobre o essencial. Sim, ela reconhece que ele lê muito e é hábil com as palavras, mas e a prática, a experiência direta, além das palavras?

Contam os textos que, após esse encontro provocativo, Naropa deixou a mesa com os livros e foi procurar Tilopa pelos Himalaias, uma viagem cheia de lições. A jornada interior, a busca da verdade primal.

Depois de várias peripécias, ele, que esperava encontrar um mestre rodeado de discípulos e discursando, depara com um renunciante seminu, com um peixe cru na boca, à beira de um rio. Certamente não era assim que ele imaginara um mestre. Naropa o questiona e Tilopa cospe o peixe ainda vivo de volta ao rio. Nesse momento, Naropa se liberta das amarras intelectuais e compreende o que não pode ser compreendido apenas pelos estudos formais.

É preciso vivenciar os ensinamentos. Estes estão vivos e podem ser encontrados se houver verdadeira e devotada procura.

Vamos lá?

49 O ladrão

Uma noite, quando um monge estava meditando, um ladrão com uma espada entrou em sua sala de zazen, exigindo que ele lhe desse seu dinheiro ou sua vida.

O monge falou:

— Não me perturbe. Você pode encontrar o dinheiro naquela gaveta. — E retomou sua prática.

Um pouco depois, ele parou de novo e disse ao ladrão:

— Não pegue tudo. Preciso de alguma soma para pagar contas amanhã.

O intruso pegou a maior parte do dinheiro e principiou a sair.

— Agradeça à pessoa quando você recebe um presente — acrescentou o monge.

O homem agradeceu, meio confuso, e fugiu.

Poucos dias depois, o indivíduo foi preso e confessou, entre outras coisas, a ofensa. O monge foi chamado como testemunha e disse:

— Este homem não é ladrão, ao menos no que me diz respeito. Eu lhe dei o dinheiro. Ele, inclusive, me agradeceu por isso.

Após ter cumprido sua pena, o homem voltou a procurar o monge e se tornou um de seus discípulos.

•

Há uma história semelhante sobre Dom Hélder Câmara. Um ladrão estava na cozinha de sua casa paroquial, quando ele acordou e desceu para ver o que era. Ao deparar com o ladrão, apenas disse:

— Ah! Assim como eu, você tem fome durante a noite. Vamos fazer um omelete.

E Dom Hélder fez os ovos, e os dois se sentaram e comeram. Ao final da refeição, Dom Hélder pegou uma sacola de alimentos e entregou a ele. Dizem que, arrependido, lavou-se em lágrimas e nunca mais roubou. Tornou-se um fiel discípulo de Dom Hélder.

Essa sabedoria dos seres do bem, que não sentem medo nem aversão, é capaz de modificar um ser humano. Entretanto, se você ainda não é capaz de amar verdadeiramente e de entender profundamente todos os seres, não tente, porque poderá se arrepender.

Apenas as pessoas capazes de ver em profundidade as necessidades verdadeiras podem atender a essas necessidades como Kannon Bodisatva.

Kannon Bodisatva representa a compaixão ilimitada. O caractere "Kan" quer dizer observar em profundidade e "On" significa os sons. Ver, observar os sons, os lamentos do mundo e atender às necessidades verdadeiras é o que simboliza esse Ser Iluminado (Bodisatva).

50   Sem palavras

Kankei Shikan chegou ao templo de mestre Rinzai[10] para praticar com ele. Quando o mestre o viu, agarrou-o e não permitiu que se movesse.
Shikan disse:
— Compreendo.
Deixando-o ir, mestre Rinzai falou:
— Permitirei que você fique aqui algum tempo.
Mais tarde, Kankei Shikan se tornou mestre de seu próprio templo e comentou com seus discípulos:
— Quando encontrei mestre Rinzai, não houve palavras. Cheguei diretamente no aqui e no agora e fiquei satisfeito sem as palavras.

•

Esse encontro me faz lembrar o dia em que encontrei o professor Sato, de natação, na piscina que fica nas imediações do Hospital das Clínicas em São Paulo. Ele havia treinado grandes campeões de natação e agora, na sua velhice, ensinava pessoas a não ter medo da água e se tornar uma com a água. Sem luta, sem esforço.

Quando fui apresentada a ele, Sato Sensei pegou minha mão e me trouxe bem próxima dele, com um gesto rápido e certeiro de arte marcial, e sussurrou:

---

10. Mestre Rinzai Kigen morreu em 866 e é o fundador da Escola Zen Rinzai, que se mantém viva até hoje.

— Eu só falo de coração a coração.

Nossos corações estavam batendo em simultaneidade.

Parecia ser um homem simples, um japonês baixinho, de cabelos brancos e olhar gentil, um professor de natação. Na verdade, era um mestre e conseguiu libertar muitas mentes confusas. Seu grande presente era o "não medo".

É o que mestre Rinzai fez com o jovem orgulhoso que se apresentava. Segurou-o com firmeza, em um único golpe. Manteve-o assim, em silêncio e aprisionado. Sem violência, mas com força.

Até que o monge disse:

— Compreendo!

O que foi que o monge compreendeu? Teria compreendido que o mestre era capaz de o agarrar, de o compreender, de o pegar?

Não eram todos que mestre Rinzai aceitava. Muitos eram recusados. Rinzai ficou famoso pela frase:

— Se encontrar Buda, mate Buda.

Como pode haver um Buda separado de você?

Nos mosteiros cristãos de reclusão absoluta e individual, se um monge encontrar, vir ou falar com Jesus, será expulso da ordem.

Shikan nunca se esqueceu desse encontro e comentava com seus discípulos que com esse abraço forte ele chegara ao aqui e ao agora, sem nada extra.

Você chegou? Você está totalmente presente no aqui e no agora?

51 A imagem sagrada

Um monge adorava uma imagem dourada de Buda, bem como algumas relíquias, que ele mantinha sempre ao seu lado. Mesmo no dormitório, constantemente queimava incenso e se prostrava diante da imagem e das relíquias, honrando-as e fazendo ofertas.

Certo dia, o mestre se aproximou do monge:

— A imagem e as relíquias de Buda que você está adorando eventualmente lhe farão mal.

O monge não se convenceu. O mestre continuou:

— Isso é arte do demônio. Jogue tudo fora imediatamente.

Quando o monge se retirava, furioso, o mestre gritou:

— Abra e veja por si mesmo.

Embora com raiva, o monge abriu a caixa e lá dentro viu, toda enrolada, uma cobra venenosa.

•

O sagrado e o profano. Como não cair na armadilha de adorar livros, imagens, restos mortais, relíquias, em vez de respeitar o sagrado manifesto em todos os seres?

Arte do demônio significa arte da dualidade: eu e o outro, o sagrado e o profano.

Nos mosteiros, não é raro encontrar religiosas e religiosos que se ajoelham e se prostram diante dos altares, que decoram os textos sagrados e os recitam constantemente, mas que são incapazes da verdadeira compaixão e respeito por seus companheiros e companheiras de vida monástica.

Estão sempre julgando, reclamando ou se afastando das pessoas, enquanto adoram objetos ou textos, que apenas representam o sagrado.

Quando eu estava no Mosteiro Feminino de Nagoya, muitas vezes fui reclamar para nossa superiora do comportamento de algumas noviças, que, cansadas, dormitavam durante as liturgias matinais, aulas e até mesmo durante as práticas meditativas. Minha superiora me recomendou:

— Olhe para Buda. Deixe de se preocupar com elas. Aqui colocamos a semente Buda. Se o solo for fértil e as condições, adequadas, no momento certo, ela brotará. Olhe para Buda e não para elas.

Na minha ignorância, durante as liturgias matinais ou vesperais, meus olhos não se desviavam da imagem de Buda do altar principal. Eu achava que estava seguindo as orientações de nossa superiora. Meses se passaram até que eu entendesse. Era preciso desenvolver o olhar Buda em mim, ser capaz de acolher e respeitar cada uma das monásticas que ali estavam. E me lembrei de um texto sagrado que dizia: "Pessoas em treinamento devem se misturar como água e leite, nunca como leite e azeite".

Fazer-se especial, ter objetos pessoais sagrados para demonstrar sua devoção é proibido nos mosteiros. Cada praticante deve ser respeitado e compreendido como um ser iluminado. E não apenas em mosteiros, mas em nossa casa, em nossa cidade, em nossa vida.

52 Conhecer a si mesmo

Certa ocasião, mestre Eihei Dogen instruiu:

"Para se tornar hábil em alguma arte ou função, a pessoa precisa se devotar a aprender essa arte, a estudar para essa função. Não adianta estudar o que não tem nada a ver com sua especialidade.

Entretanto, todas as pessoas devem e podem se especializar em conhecer a si mesmas. Para isso, é preciso abandonar o apego ao eu individual e seletivo e seguir as instruções de um bom guia. A essência de estudar praticando é libertar-se da ganância. Para dar fim à ganância, primeiro é preciso se afastar do eu centrado em si mesmo. Para se afastar do eu centrado em si mesmo, reconhecer a impermanência é a necessidade primária.

Se você seguir os ensinamentos de seu mestre, progredirá. Se ficar respondendo, considerando que você sabe melhor a verdade, sem ser capaz de abrir mão das coisas, e continuar a se apegar às próprias preferências, afundará mais e mais.

A principal prática é shikantaza — apenas sentar-se. Independentemente do seu grau de inteligência, sem dúvida alguma progredirá se praticar zazen."

•

Zazen é a meditação pura e simples de sentar em silêncio, numa postura correta e adequada, e seguir a própria respiração. Sem esperar nada de extraordinário. Apenas sentar-se (shikantaza) é a base do ensinamento zen.

É o portal principal da mente conhecer a própria mente. Do corpo, reconhecer o próprio corpo. Compreender a interdependência corpo-mente-espírito individuais e coletivos. Essa arte pode ser desenvolvida por qualquer pessoa. É nosso direito e dever, de nascença, conhecer a nós mesmos.

Durante o zazen, podemos experimentar a impermanência com todo o nosso corpo. Não apenas a compreensão intelectual, de processos mentais de pensamentos e reflexões.

O corpo pode doer durante as práticas. Mas devemos nos manter na postura até o toque do sino que indica o final de um período de meditação. Controle sobre si. Quando nos levantamos e caminhamos meditando, lenta e pausadamente, o desconforto desaparece.

Da mesma maneira, quando estamos quietas, em silêncio, sentadas, todos os sons se tornam audíveis, até mesmo do pequeno inseto no vidro. Quando nos levantamos e nos movemos, os sons ficam mais distantes. Experimentar a impermanência em todo o seu corpo e observar os movimentos incessantes da mente.

Entre duas montanhas cobertas de árvores e de relva, surge um avião. Contra o céu azul, a ave de metal assobia seu canto-máquina. Acompanho seu voo do oeste para o leste. O sol da manhã se reflete no metal prateado. O avião fica menor, o som, mais distante e, de repente, ele some no azul.

O azul é o vazio, é o céu, é o ar. Imenso, ilimitado. E o avião desaparece, como se houvesse entrado em outra dimensão. Entretanto, sei que ele continua voando, embora já não mais o veja e não mais o ouça. Assim são os pensamentos, as emoções, os sentimentos que surgem e desaparecem. Não posso manter o avião parado nos céus para minha apreciação. Não posso manter pensamentos e sensações paradas em mim.

Quando Sua Santidade, o XIV Dalai-Lama, esteve em São Paulo, há poucos anos, fui a um encontro com ele, no salão do hotel onde se hospedava. Era uma reunião apenas para praticantes budistas. Ele me viu, sorriu, veio me dar a mão e brincou: "Mestra zen". Era a segunda vez que assim fazia nesse mesmo dia. Quando chegou ao hotel, vindo do aeroporto, uma fila de pessoas o aguardava. Curiosamente, cheguei ao mesmo tempo e meu carro parou logo depois do dele. Ao me ver, com meus hábitos zen-budistas, sorriu e me cumprimentou, dizendo "zen Master" (Mestra zen), e sorriu. Claro que, com isso, já havia ganhado meu coração.

Na reunião, depois de nos falar sobre a importância de não imitar apenas a aparência dos monges e praticantes de outras culturas, mas de compreender a essência dos ensinamentos, que é a essência de tudo o que existe, seguindo bons professores, um jovem lhe fez a seguinte pergunta:

— Sua Santidade, como posso reconhecer um mestre verdadeiro?

Sua Santidade respondeu:

— Analise a minha vida. Veja o que tenho feito, como me comporto em toda e qualquer situação. Um mestre correto deve ser coerente e viver de acordo com os ensinamentos que prega.

•

Será que cada um de nós pode se tornar esse mestre perfeito, viver a coerência dos ensinamentos em sua própria vida?

Precisamos sempre ter referenciais confiáveis para não nos perder nas armadilhas de nosso eu menor. Siga as instruções de seus orientadores. Consulte-os sobre suas interpretações e não confie apenas no seu discernimento individual.

53   Causa e efeito

O discípulo Koun Ejo perguntou:
— Qual o significado de não negar causa e efeito?
Mestre Dogen respondeu:
— Não mover causa-efeito.
Ejo:
— Como pode ser liberado?
Mestre Dogen:
— Causa-efeito evidente.
Ejo:
— A causa faz o efeito ou o efeito faz surgir a causa?
Mestre Dogen:
— Assim é, em ambos os casos. Você se lembra de quando mestre Nansen matou o gato? Quando os praticantes não puderam responder coisa alguma, ele imediatamente matou o animal. Mais tarde, quando Joshu soube do incidente, colocou suas sandálias de palha na cabeça e foi embora. Essa foi uma ação excelente. Se eu fosse Nansen, teria dito: "Se vocês não puderem falar, eu matarei o gato. Se vocês puderem falar, eu matarei o gato. Quem pode brigar por um gato? Quem pode salvar o gato?".

E se eu fosse um dos praticantes, teria dito: "Não somos capazes de falar, mestre. Mate o gato". Ou: "Mestre, o senhor sabe apenas sobre cortar o gato em dois com um único golpe. O senhor não sabe cortá-lo em um com um golpe".
Ejo:
— Como se pode cortar em um com um golpe?

Mestre Dogen:
— *O próprio gato.* — *E continuou:* — *Se eu fosse Nansen, teria soltado o gato dizendo que eles já haviam se manifestado.*
— *E completou, repetindo um ditado zen antigo:* — *Quando a grande função se manifesta, não há regras fixas.*

•

Jamais perder a liberdade de escolher a melhor palavra, gesto ou pensamento. Para que matar o gato? Não há regras fixas quando se trata de expor a verdade.

Muitas vezes os mestres usam expressões ou ações estranhas para arrancar seus discípulos das mãos da dualidade. Por que brigar e discutir se o diálogo pode ocorrer?

A pergunta de criança ainda é válida: o que nasceu primeiro? O ovo ou a galinha?

No universo de causa-efeito-condição, o momento não é apenas linear. É simultâneo e circular. Quando surgem moscas, surgem lagartixas. O cossurgir interdependente e simultâneo é um dos selos do Darma, aquilo que confirma se é ou não ensinamento de Buda. Entretanto, é preciso ter cuidado no uso de meios expedientes.

Essa história verdadeira do mestre Nansen (século VIII, na China), que cortou o gato ao meio, lembra o caso das duas mulheres que disputavam a maternidade de uma criança quando o rei Salomão, para descobrir quem era a verdadeira mãe, ameaçou cortar a criança ao meio. A mãe verdadeira o impediu, implorando que desse a criança à outra mulher, mas não a matasse.

No caso do mestre Nansen, nenhum dos monges foi capaz de qualquer gesto ou palavra. Sem manifestar nenhuma atitude, não puderam salvar o gato.

Talvez discutissem se o gato tinha ou não natureza Buda. E o animal foi cortado ao meio. Em que metade ficou a verdade? Pobre gatinho.

Quando um grupo de pessoas se intoxica com as próprias ideias e se recusa a ouvir outras opiniões, definitivamente não haverá bom resultado.

Que saibamos encontrar o caminho do diálogo, dos acordos, da reconciliação. Que saibamos ouvir para entender e não matar, cortar, dilacerar pessoas, relacionamentos, países, nem destruir as condições de vida humana na Terra.

54 Atitude correta

Em certa ocasião, mestre Eihei Dogen falou assim:
— Quando o antigo general da Guarda Imperial (Minamoto
Yoritomo) era assistente da secretaria da corte, ele foi a
uma festa especial. Sentou-se ao lado do conselheiro parti-
cular do imperador. Havia na festa um homem que estava
perturbando a todos. O conselheiro pediu a Yoritomo que o
fizesse parar de incomodar. Yoritomo respondeu: "Por fa-
vor, dê sua ordem ao general do clã Taira". "Mas, você está
aqui perto", disse o conselheiro. Yoritomo respondeu: "Estou
perto, mas não é de minha posição cuidar desses assuntos
neste recinto e neste momento". Palavras admiráveis. Ele foi
capaz de governar o país em razão dessa atitude. Devemos
nos comportar dessa forma. Não devemos admoestar outras
pessoas se não estivermos em posição de o fazer.

•

Cuidado! Muitas vezes tomamos para nós atitudes que não correspondem às nossas funções no momento. Se perceber um incêndio, melhor chamar os bombeiros rapidamente antes de querer sozinho apagar as chamas.

O general da história acima se tornou um grande governador, pois sabia bem quais eram suas funções. Com certeza, ele teria capacidade para expulsar o homem ou fazê-lo calar-se. Entretanto, nesse momento, não lhe cabia essa função.

Isso também serve para pessoas que se tomam por palmatórias do mundo. Estão sempre dando conselhos, postando palavras de sabedoria no Facebook, criticando outras, querendo educar a tudo e a todos, sem que essa seja sua função e posição.

Havia um jovem professor de aikido (arte marcial que prega o caminho da harmonia da energia vital, ou seja, do não ataque, da não violência, de apenas deixar a energia de seu oponente passar e usar essa força para o imobilizar) que me auxiliou durante alguns meses em uma tarefa difícil.

Eu havia sido convidada a visitar semanalmente uma Casa de Recolhimento de Crianças e Adolescentes em situação de risco, no bairro de Pinheiros, em São Paulo. Pedi ao professor que fosse comigo. Todas as semanas, passávamos duas horas ensinando o respeito e o silêncio. Não era uma situação fácil. Havia uma menina de 2 anos que fora abusada sexualmente pelo pai. Uma jovem de 16 anos viciada em crack, que nos momentos de abstinência socava portas e janelas e fora parar no hospital com as mãos cortadas pelos vidros que quebrara. Outra trazia seu bebê, que passava de mão em mão, pois ela não tinha paciência para ficar com ele. Essa jovem acabou fugindo um dia e deixando o bebê na casa.

A energia desses jovens era forte. Sempre em movimento, sempre se cutucando, e parecia que a amizade era baseada na briga, a intimidade eram o insulto e as provocações. Teria sido isso o que receberam desde antes de nascer? Não era fácil fazer com que se aquietassem por mais de alguns minutos.

Não cabia a nós regulamentar a casa. Apenas nos sentávamos em meditação e dávamos pequenas orientações sobre a energia vital e como usá-la a seu favor. Breves aulas de aikido.

Como todos gostavam de brigar e lutar, o meio expediente de ser uma arte marcial os encantava.

E assim conseguíamos que se cumprimentassem formalmente e se silenciassem por alguns instantes.

Meu amigo, professor de aikido, teve de se mudar para a Austrália e perdi um bom companheiro de voluntariado social. Tentei novamente com outro professor de aikido, mas não deu o mesmo resultado. Além do mais, os educadores responsáveis pela casa tinham outras atividades e tarefas que impediram a continuidade do trabalho.

Soube, recentemente, que a casa foi fechada. A assistente social, que me convidara na época, agora aposentada, ao me encontrar disse:

— Queremos culpar as drogas, queremos culpar os traficantes, mas nunca pensamos no ser humano que usa as drogas — qual a sua carência?

O primeiro professor de aikido era um homem muito sensato e correto. Era jovem e, mesmo assim, um mestre na arte. Poderia, com poucos movimentos, imobilizar qualquer pessoa, mesmo armada.

Certo entardecer, depois de me deixar no templo, chegou a sua casa. Havia comprado uma bandeja de deliciosos quibes para compartilhar com sua esposa. Ao parar o carro na entrada da garagem, um jovem infrator, com uma arma na mão, o obrigou a sair do carro e fugiu levando seus documentos, o celular e o automóvel.

Ao saber do caso, perguntei a ele:

— Mas você não poderia ter tirado a arma do menino?

— Talvez sim, talvez não. Entretanto, não poderia pôr em risco a vida dele. Apenas lamento ter perdido os quibes quentinhos.

Sem dúvida, ele havia acessado a mente liberta.

55   Boas e más ações

Certa vez, mestre Eihei Dogen assim ensinou:
— Atualmente a maioria das pessoas quer suas boas ações reconhecidas e espera esconder suas faltas. Ao fazer assim, elas perdem a correspondência entre seu eu interior e seu eu exterior. Você deve se esforçar para que o interior e o exterior estejam de acordo, arrependendo-se de suas faltas e guardando suas virtudes.

•

Queremos recompensas, medalhas, retorno pelo bem que fazemos, e procuramos esconder nossas faltas e erros. Isso é criar desarmonia em você mesmo.

Em determinada ocasião, uma jovem senhora foi pedir a Mahatma Gandhi (líder indiano pacifista) que falasse ao seu filho para que ele deixasse de comer açúcar, pois os médicos haviam dito que a criança era diabética.

Mahatma Gandhi disse a essa senhora:
— Volte daqui a um mês!

Ela esperou o mês passar e, quando voltou, Mahatma Gandhi, passando sua mão magra sobre a cabeça da criança, disse:
— Filho, não coma açúcar!

A mãe, surpresa, perguntou a ele:
— Por que o senhor não disse isso há um mês, quando vim pedir pela primeira vez?

E ele respondeu:
— Porque eu ainda comia açúcar.

•

E você? Pratica o que exige que os outros façam?

56 Fome

Certo dia, o mestre Eisai (século XII, Japão) estava no templo que ele mesmo fundara, chamado Kenninji, em Quioto. Um homem pobre veio visitá-lo e disse:

— Minha família é tão pobre que não tivemos nada para comer por muitos dias. Minha mulher e filhos estão quase morrendo de fome. Por favor, sinta compaixão por nós.

O mestre ficou perdido — não havia roupas, alimentos nem outras posses no templo. Lembrou-se de um pouco de cobre que fora doado para fazer o halo da imagem do Buda da Medicina, que estava sendo construída. O abade pegou esse cobre e deu ao homem para que pudesse vender e trocar por alimentos. Feliz, o homem se foi.

Entretanto, alguns dos praticantes criticaram o mestre, dizendo que ele não deveria dar parte da imagem de um Buda a uma pessoa laica. E o mestre respondeu:

— Pensem na vontade Buda. Mesmo que tivéssemos de dar toda a imagem de Buda a alguém que estivesse com fome, saibam que isso estaria de acordo com a vontade Buda. E, mesmo que eu vá para o inferno por causa de um pecado como esse, salvei algumas pessoas da possível morte e do sofrimento da fome.

•

É preciso saber distinguir entre o certo e o errado em cada circunstância. Mais importante do que as imagens sagradas é a vida sagrada de uma família necessitada. Assim, o monge não vacilou em entregar ao homem a única peça de cobre que poderia se transformar em alimento para a sua família.

Algumas pessoas são contra dar esmolas e outras são a favor. O importante é manter a atitude Buda, a compreensão clara das circunstâncias e dos locais, para poder servir a quem necessite e atender às necessidades verdadeiras, prementes, mais do que seguir regras e padrões preestabelecidos.

O que é mais importante? Um objeto ou uma vida?

Os objetos sagrados dos templos, igrejas, mesquitas, sinagogas, centros, terreiros simbolizam estados mentais e conhecimento a ser colocado em prática em nossas vidas para beneficiar a todos os seres.

Como disse o monge: "Melhor queimar no inferno por haver doado uma imagem sagrada do que ter me omitido diante de pessoas passando fome".

57 Templo

Certa feita, os monges se reuniram para falar com o abade de um grande mosteiro:

— Nosso templo está muito próximo do rio. Se houver uma enchente, perderemos tudo.

O abade respondeu:

— Não devemos nos preocupar com a inevitável destruição deste prédio, no futuro. Lembrem-se de que o Mosteiro Jetavana, na Índia, se perdeu e hoje apenas suas pedras de canto permanecem de pé. Entretanto, o mérito de haver fundado um mosteiro nunca se perde. A virtude de praticar, mesmo que por apenas seis meses ou um ano, é imensa.

•

Claro que não devemos construir nossas casas e templos nas proximidades de rios que podem transbordar e vir a destruí-los. Mas, nesse caso, o templo já existia e o abade os fez lembrar de que nada é permanente, que o grande mosteiro construído na época de Buda, na Índia, no parque Jetavana, hoje são ruínas. Entretanto, os ensinamentos continuam vivos.

Mais importante do que se preocupar com as edificações externas é edificar internamente o templo sagrado em seu coração.

Minha superiora, no Mosteiro Feminino de Nagoya, sempre nos ensinava assim:

— O mosteiro, o local de prática, está onde a prática correta estiver. Não são apenas paredes e imagens. São a vivência dos ensinamentos corretos. Esteja sempre no templo de Buda.

O primeiro imóvel do mosteiro feminino no Japão ficava próximo de uma estrada de ferro. Fora tudo o que as quatro monjas fundadoras haviam conseguido. Uma casa pequena que tremia cada vez que os trens passavam. Mas lá a prática verdadeira se fez e hoje nosso mosteiro feminino fica em um bairro tranquilo de Nagoya, entre casas particulares, apartamentos e outros templos.

Antes da fundação desse mosteiro, a maioria das monjas só podia praticar nos templos e mosteiros masculinos, servindo nas cozinhas, lavanderias e se escondendo atrás das portas para ouvir os ensinamentos sagrados. As quatro monjas japonesas, no século XIV, se comprometeram a criar um centro de prática para mulheres budistas com acesso a educação e treinamento adequados. Como os alicerces de sua vontade e disposição foram corretos até hoje, Aichi Senmon Nisodo continua sendo o maior e mais respeitado mosteiro feminino no Japão.

Você também pode construir o seu mosteiro interior, praticando com sabedoria e compaixão.

58   Crítica e elogio

Durante um reinado da Dinastia Tang, na China, um dos
ministros comentou com o imperador:
— Algumas pessoas estão difamando Vossa Majestade.
O imperador respondeu:
— Como soberano, se acaso me cabe alguma virtude, não
posso ter medo de ser difamado pelas pessoas. O que mais
devo temer é ser elogiado sem ter nenhuma virtude.

•

Claro que nenhum de nós quer ser difamado, excluído, ofendido, criticado. Todos queremos ser amados e respeitados,
incluídos, aceitos. Entretanto, receber elogios de pessoas falsas e maldosas não tem o menor significado. Estar além de se
alegrar pelos elogios e bajulações ou de se entristecer pelas
críticas e difamações é o Caminho dos Sábios.

Devemos ouvir os bons conselhos de pessoas corretas.
Atentar às suas considerações e procurar sempre melhorar
nossas atitudes, palavras e pensamentos de acordo com ensinamentos superiores. Mas não podemos nos abater se formos
incompreendidos por quem não segue o caminho correto. É
mais importante esconder as virtudes e reconhecer publica-
mente as faltas, sem culpar os outros.

59 Cada pessoa tem sua própria boca

Houve um mestre excelente na China, chamado Wanshi Shokaku (1091-1157). Em seu mosteiro havia provisões para mil praticantes. Entretanto, muita gente vinha de todo o país para receber suas instruções e havia cerca de 600 pessoas do lado de fora. Oficiais do mosteiro foram falar com o mestre:

— As provisões são suficientes apenas para mil pessoas. Não vamos ter para todos. Por favor, mande embora algumas pessoas em consideração a essa situação.

— Cada pessoa tem sua própria boca. Não é da sua conta. Não se preocupe. Deixe-as ficar.

•

Sempre é possível receber mais pessoas à mesa. Temos alimentos para mil, mas há 1.600? Todos vamos comer um pouco menos e haverá o suficiente.

Nos mosteiros, a alimentação física não deve ser o mais importante. Claro que é necessário manter o corpo saudável para que a mente esteja saudável. Mas não se pode apenas pensar em si mesmo. Cada um tem sua própria boca e o universo provê. Assim é. Quando confiamos e temos fé, o impossível se torna possível.

Ninguém foi embora. O mestre recebeu a todos e foi capaz de alimentar a todos. "Mais água no feijão", dizemos no Brasil. No Oriente se diz "mais água no arroz". E, mesmo que seja apenas uma rala água de arroz, todos podem se alimentar e criar causas e condições para que alimentos cheguem e não haja fome nem miséria no mundo.

Todas as manhãs, no meu templo, oro para que haja fortuna e prosperidade em todos os países e para que todos os seres tenham o suficiente. Orar e participar ativamente das políticas públicas que beneficiam as populações carentes. Esse é o caminho da paz.

60 Para que serve?

Mestre Eihei Dogen (fundador da ordem Soto Zen Shu no Japão, no século XIII) assim ensinou:

"Quando estava na China, certa feita lia uma coleção de frases de mestre antigos. Nisso, um monge sincero se aproximou e me perguntou:
— Para que serve ler esses dizeres?
Respondi:
— Quero ensinar as pessoas quando voltar ao meu país.
O monge perguntou:
— Para que serve isso?
Respondi:
— Para beneficiar os seres vivos.
O monge insistiu:
— Mas, finalmente, para quê?
Ponderei que, se minha prática não fosse verdadeira, como poderia ensinar outros? Mesmo sem saber uma única palavra, poderei me devotar à prática e clarificar o grande assunto da vida-morte.
Assim entendi a mensagem do monge — mais zazen e menos leituras e decoração de frases."

•

Mestre Eihei Dogen (1200-1253) foi para a China, à procura do Caminho Zen, com menos de 20 anos de idade. Era filho de aristocratas. Havia se tornado monge aos

13 anos e se devotava aos estudos, mais do que à prática da meditação.

No mosteiro em que estava, na China, ficava horas procurando frases e ensinamentos nos livros antigos. Há quem faça isso, hoje em dia, para postar no Facebook, querendo inspirar outras pessoas. Entretanto, o monge chinês o questiona: "Para quê? Para quê?".

Assim, eu também questiono praticantes zen que ficam horas procurando livros, textos e frases para falar a outras pessoas, para postar na internet. Para quê?

E a resposta é a mesma do jovem Dogen: "Para beneficiar outras pessoas. Algumas dependem de minhas palavras para não cometer suicídio". Até isso já ouvi.

Mas esse pensamento é uma armadilha do Caminho. Quando achamos que nós estamos salvando alguém, que precisamos encontrar a frase certa para salvar as pessoas, estamos entrando no mundo da dualidade e do apego mundano.

Nós não somos os salvadores do mundo. Somos praticantes, seres simples. Precisamos nos dedicar mais ao silêncio meditativo e aos estudos — que nos auxiliam a romper as barreiras entre o eu e o outro —, em vez de ficar exibindo dizeres antigos que nem sempre conseguimos seguir em nossa vida diária.

A tarefa de compilar diálogos e frases antigas para escrever este livro é para mim uma rara oportunidade de rever meus estudos e refletir sobre minha própria prática, que é a minha própria vida.

Que razões maiores seriam estas de que, neste momento da minha existência, me seja dada a tarefa de rever meus estudos e refletir profundamente sobre o Caminho?

Só posso agradecer e perseverar.

61 Esvaziar-se

Certa ocasião, um mestre zen recomendou a seu discípulo:
— Esvazie-se por dentro, siga o exterior.
— Como posso fazê-lo, mestre? — perguntou o jovem. E o
professor respondeu:
— Vazio por dentro, seguindo o lado de fora. Esvazie-se
e siga sem apegos ao eu individual. Relacione-se bem com
as outras pessoas. Se completamente esquecer seu corpo-
-mente, penetrar a verdade e manter a prática de acordo com
os ensinamentos, você será bom dentro e fora, no presente,
passado e futuro.

•

Esse ensinamento parece contradizer os anteriores. Afinal, procuramos o silêncio e a introspecção. O que significa seguir o exterior? Pode significar seguir as regras do mosteiro, os sinais do Caminho. Abandonar conceitos e ideias individuais e se relacionar harmoniosamente com outras pessoas.

"O avesso deve ser tão bonito quanto o direito", nos ensinava a professora Okamoto Shobun Sensei durante as aulas de costura dos mantos de discípulas de Buda.

Okamoto Sensei fora discípula de um mestre zen contemporâneo muito conhecido. Sawaki Kodo Roshi, chamado também de "monge sem-teto". Ele nunca quis assumir um templo fixo e viajava por todo o Japão, depois da Segunda Guerra Mundial, convencido de que o zazen é o caminho para a não violência ativa, para o diálogo, para a paz mundial, para a transformação da consciência humana — a maior revolução de todos os tempos. Kodo Roshi acreditava que, por meio do zazen, haveria harmonia na Terra. Dizem que ele era muito cuidadoso em tudo o que fazia. Por exemplo, ao tomar banho, molhava o mínimo possível a sala de banho. Deixava apenas um pequeno círculo molhado, ao lado da banheira. Diferentemente de outras pessoas, que ensopavam toda a sala de banho.

A nossa superiora no Mosteiro Feminino de Nagoya, admiradora de Sawaki Kodo Roshi, nos ensinava:

— Como você se comporta quando ninguém está por perto? Lembre-se de que Buda tudo vê. Se Buda vê, todos veem.

Comecei assim a me observar quando estava só ou em relação a outras pessoas no mosteiro. Muitas vezes era gentil, delicada, na frente das mestras e mestres. No entanto, era exigente, de cara fechada e até mesmo rude com minhas companheiras de cela.

No dia em que percebi minhas duas caras, fui capaz de começar a mudar. Foi um longo processo e, só quando estava para sair do mosteiro, depois de oito anos de prática incessante, pude respeitar e compreender cada uma das praticantes. Deixei os julgamentos de lado, o bem e o mal querer, para entender e acolher.

Ainda muito me falta, mas todos os dias me comprometo a fazer o avesso tão bonito quanto o direito. No entanto, muitas vezes, o meu lado direito é torto e mal-acabado, como um avesso descuidado.

62   Impermanência

Durante a prática de zazen noturno, o mestre Eihei Dogen assim falou:

— Impermanência é a verdadeira realidade bem na frente de seus olhos. Não precisamos esperar por ensinamentos de outras pessoas, prova de alguma passagem da escritura ou algum princípio. Nasce de manhã e morre à tarde, a pessoa que vimos ontem não está mais aqui hoje — isso vemos com nossos olhos e ouvimos com nossos ouvidos. É o que também vemos e ouvimos de outras pessoas. Verifiquem em nossos próprios corpos e pensem na realidade — embora tenhamos a expectativa de viver 70 ou 80 anos, morreremos quando tivermos de morrer.

•

Tanatologia. O estudo de Tânatos, o Senhor da Morte. É preciso vencer o preconceito contra a morte e a impermanência. Eu não quero ser eterna. Não espero ser eterna.

Fui visitar em Montevidéu o Museu da Intendência (Prefeitura). Havia imagens de pedra do século III de Budas e Bodisatvas (seres iluminados). Em frente a essas imagens, fiquei imaginando pessoas há quase 2 mil anos unindo as mãos palma com palma diante desses ícones de fé.

Quantas pessoas, com quantos pedidos, sofrimentos, agradecimentos, alegrias, medos e esperanças teriam unido as mãos palma com palma, como agora eu fazia? A imagem de pedra apenas sorria, testemunhando nossas fragilidades humanas.

Em outro andar havia uma exposição do Egito Antigo e, em uma sala refrigerada, com pouca luz, repousava a múmia de

uma sacerdotisa egípcia. Sua máscara dourada estava pendura-
da em uma parede. As ataduras haviam sido removidas do lado
esquerdo — ossos escuros, os braços estendidos, os dedos longos. O crânio descoberto, os dentes. Um esqueleto, uma caveira.

O lado direito ainda estava envolto nas faixas, que um dia
foram brancas e hoje estão manchadas pelo tempo. Fiz ali
minhas orações budistas pelos mortos. Ao sair, um jovem
monge japonês, que me acompanhava, perguntou:

— A senhora gostaria de ser mumificada?

— Não! — respondi sem muito pensar.

Depois, fiquei refletindo sobre a pergunta do monge. Gostaria eu de ter este corpo mumificado e preservado para
a posteridade? Para quê? Se fosse para estudos científicos,
talvez. Mas, seguindo as tradições da Índia e do Japão, prefiro
ser cremada. Tudo o que sou, o que meu corpo e ossos são,
deve se transformar em algo pequenino, que não ocupe tanto
espaço, para dar espaço a quem vem vindo.

Também não gostaria de me tornar uma imagem de pedra,
uma estátua. Não são as proporções do meu corpo ou os traços do meu rosto que devem inspirar gerações futuras, mas
sim os ensinamentos.

Quando Buda, com 80 anos, vivia seus últimos momentos,
disse a seus discípulos que o cercavam:

— Não se lamentem. Tudo o que começa inevitavelmente
termina. Não é meu corpo que vocês amam, mas os ensinamentos. Façam do Darma (ensinamentos) seu mestre, e eu
viverei para sempre.

Durante séculos não foram feitas imagens de Buda. Apenas
desenhavam um pé imenso no chão, pois o corpo Buda se
estendia em todas as direções do universo. Mais tarde, com
o intercâmbio grego, surgiram estátuas. Elas são importantes, pois revelam a arte, a técnica e as formas humanas de
representar o sagrado. Podemos reverenciá-las sabendo que
serviram de modelo, de refúgio para tantas pessoas, e reconhecer que, ao praticar os ensinamentos verdadeiros, Buda
se faz presente em nossas vidas. Não devemos destruir essas
imagens, mas reconhecer o que representam e transmitir a
gerações futuras a verdade e o Caminho.

63   O Caminho e a morte

Um antigo sábio comentou:
— Se eu aprender o Caminho de manhã, não me importarei em morrer à noite.

Quando penetramos o verdadeiro Caminho, quando temos o encontro místico, a morte já não é obstáculo.
Talvez o sentido da vida seja encontrar a verdade e, sem medo de nada, apreciar vida-morte com a mente de equanimidade.
Equanimidade não é igualdade. É dar o mesmo valor tanto à vida quanto à morte.

"Vida-morte é de suprema importância.
Tempo rapidamente se esvai e oportunidade se perde.
Cada um de nós deve esforçar-se por despertar.
Cuidado! Não desperdice esta vida."

•

Esse poema é lido todas as noites, depois do último período de meditação silenciosa, quando são tocados os tambores e sinos que anunciam o nobre silêncio que deverá ser mantido até depois do amanhecer. Vamos dormir pensando no despertar da mente-espírito.

Acho importante notar que a palavra vida não se opõe a morte. Criamos essa nova palavra "vida-morte" com a intenção de esclarecer que não existe morte se não houver vida e não há vida sem a morte. Assim como luz e sombra são pares inseparáveis.

Soube, recentemente, que há um cumprimento comum entre monges e monjas nos mosteiros cristãos: "Tenha uma boa morte". Será que podemos desejar a alguém uma boa morte?

Apreciar a vida e ter medo da morte é ignorância.

Apreciar a morte e fugir da vida é ignorância.

Procure a sabedoria e ilumine a sua experiência humana, apreciando sua vida, sem nenhum temor.

64   Roupas velhas e roupas novas

*"A atividade de remendar roupas antigas, em vez de des-
cartá-las, parece ser um apego às coisas.*

*Entretanto, ao abandonar roupas velhas e querer só roupas no-
vas, parece que estamos nos apegando a novidades. Parece-me
que ambos são errados. Como me comportar?" (Monge Koun Ejo)*

*"Se estivermos livres de apego ao que temos e não procu-
rarmos o que não temos, qualquer uma das atitudes estará
certa. Ainda assim, é preferível remendar roupas rasgadas
a fim de mantê-las o máximo possível em vez de só querer
roupas novas." (Mestre Eihei Dogen)*

•

Acho interessante notar que essa conversa do século XIII
faz sentido para nós. Dizemos que estamos na Era do consumismo desenfreado, mas veja que já em 1230, aproximadamente, os monges se preocupavam com os apegos e os
desejos consumistas.

Certa feita, um senhor muito rico foi presentear Buda e seus
discípulos com vários cortes de tecido. Perguntou aos monges:

— O que farão com esses tecidos?

— Faremos nossos hábitos monásticos — responderam.

— E quando os hábitos ficarem rotos, velhos e sem uso, o
que farão com eles?

— Poderemos remendar e usá-los da mesma forma — disseram os monges.

— E quando não houver mais onde remendar?

— Poderemos usar como panos de limpeza.

— E quando nem para isso mais servirem?

— Vamos usar como estuque, junto com lama, nas paredes de nossos templos e moradas.

Assim, satisfeito ao saber que o material seria sempre reciclado e reaproveitado, o homem, feliz, deixou suas ofertas para a Sanga de Buda (comunidade de praticantes — monges e monjas, leigos e leigas).

Há mais de 2.600 anos, já havia pessoas que reciclavam e reaproveitavam todos os materiais. E isso não é apego nem aversão. É utilização consciente dos bens.

Há quem se apegue ao não ter, ao desgastado, ao pobre, à simplicidade. Nenhum apego é benéfico. Estar livre e sem amarras é o Caminho, mas não é tão fácil assim.

Uma vez contaram-me a história de um monge cristão em um mosteiro beneditino. Ao entrar no mosteiro, o monge se despiu de todas as suas roupas e objetos pessoais e passou a vestir os hábitos monásticos que pertenciam ao mosteiro — não a ele, monge.

A cada um, em cada cela, era dado um bloco de notas e um lápis. Com o intuito do voto de pobreza e não consumismo, o monge da nossa história preservava bem o seu lápis. Com os dias e meses, porém, este foi se desgastando. Estava já um pequeno toquinho, mas ainda, com dificuldade, o monge conseguia usá-lo e se recusava a pedir um novo lápis.

Certo dia, ao voltar das liturgias noturnas, foi fazer uma anotação em seu caderno e... onde estava o lápis? Com a fraca luz que lhe era permitido ter a essas horas, o monge aflito começou a revirar a cama e os poucos objetos que tinha e de repente se deu conta de que dizia para si mesmo:

— Onde está o meu lápis?

Ao ouvir a própria mente assim falando, percebeu que, embora houvesse se despido de tantas coisas, ainda se apegava ao eu e ao meu.

Cobriu a cabeça com o capuz e passou a noite meditando. Na manhã seguinte, foi pedir uma entrevista com o abade e um novo lápis.

65   A meditação e o espelho

Quando o monge Baso Doitsu (709-788) estava sentado sozinho em seu eremitério, seu mestre, o monge Nangaku Ejo (677-744), o visitou e perguntou:
— Qual a sua intenção em fazer zazen?
Baso respondeu:
— Minha intenção é a de me tornar Buda.
Nangaku pegou um pedaço de telha e começou a esfregá-la, como se estivesse polindo com uma pedra, bem em frente da choupana.
Baso perguntou:
— Mestre, o que o senhor está fazendo?
Nangaku respondeu:
— Estou polindo a telha para fazer um espelho.
Baso disse:
— Como o senhor pode fazer um espelho polindo uma telha?
Nangaku respondeu:
— Como você pode se tornar Buda praticando zazen?

•

Esse é um dos famosos Koans da China antiga e expressa os fundamentos do zen-budismo.

Apenas praticar zazen e deixar de lado as outras atividades necessárias à vida monástica não o tornará um Buda. Aliás, não podemos nos tornar o que não somos.

O hábil mestre demonstra, sem muitos discursos, a impossibilidade de transformar uma telha ou um tijolo em um espelho — por mais que seja polido e esfregado. Ao mesmo tempo, espelha a atitude do monge. Ao esfregar a telha, imita o monge meditando para se tornar Buda.

Nós não meditamos para nos tornar Buda. Meditar é uma atividade Buda. Porque somos seres iluminados, praticamos o que seres iluminados praticam.

"Prática é iluminação", dizia mestre Eihei Dogen. Não praticamos para nos iluminar. Somos o que praticamos. Um bom corredor só pode ser chamado assim se praticar a corrida com regularidade. Ler livros, falar sobre, não servirá muito. Mas, se também só correr, sem se alimentar direito, sem dormir de forma adequada, ficará fraco e não conseguirá correr.

Quando a pessoa que pratica encontra alegria em usar os hábitos monásticos, em comer usando tigelas semelhantes às que Buda usava na Índia antiga, em praticar zazen, em estudar os textos, em viver em harmonia com a natureza e outros seres humanos, está vivendo como Buda vivia.

Se no início copiamos mestres e modelos antigos, devemos nos lembrar de que, quando crianças, ao aprender a falar, imitávamos nossos pais, professores e amigos. Até chegar o momento em que deixamos de copiar e imitar e nos tornamos autenticamente nós mesmos.

Da mesma maneira, praticamos zazen não para nos tornar Buda (nem falamos, comemos, andamos para nos tornar nossos pais e professores), mas para nos tornar nós mesmos. Em profunda intimidade com todos os Budas Ancestrais, temos de ser quem somos.

Baso precisava se tornar Baso — isso o faria um Buda verdadeiro.

66   Filhos e filhas

Certa madrugada, durante o zazen, mestre Dogen assim instruiu:
— O que é ser um bom filho, uma boa filha? Leigos cuidam de seus pais vivos ou mortos. Monásticos abandonam suas famílias individuais e cuidam de todos os seres. Leigos fazem missas memoriais nas datas de morte de seus ancestrais. Monges e monjas fazem missas memoriais nas datas de morte de seus mestres ancestrais. Isso se chama "mu-i": agir sem intenção, livremente.

●

Aqui mestre Dogen mostra a diferença entre as pessoas que saíram de suas famílias individuais para entrar na grande família Buda — a vida monástica. Quem fez os votos monásticos já não precisa rezar pelos ancestrais de sua família biológica, mas passa a homenagear os ancestrais de sua nova família — a dos Budas. Isso acontece em todas as ordens espirituais.

Ao entrarmos em uma ordem religiosa nos tornamos membros dessa nova família. Recebemos o carma dessa família também, que passa a ser nosso. Se no passado cometeram crimes, injustiças e abusos, cabe a nós, seus descendentes, transformar esse carma em justiça, acolhida e não discriminações.

Quando eu estava no Japão, muitas vezes relíamos os textos sagrados para cuidar de não repetirmos expressões discriminatórias e abusivas, comuns nas sociedades antigas. Íamos a cemitérios para orar por aqueles que foram considerados párias sociais e colocados em áreas separadas, mesmo depois de mortos.

O mesmo aconteceu com a Igreja Católica em relação a feitos abusivos do passado.

Precisamos sempre rever nossa maneira de compreender os ensinamentos e pôr em prática o que beneficia o maior número de seres.

Pessoas laicas devem respeitar sua ancestralidade, reconhecer que são fruto de seus ancestrais e honrá-los vivendo de forma digna. Da mesma maneira, monásticos devem respeitar sua ancestralidade monástica e viver de forma digna.

Isso não significa que abandonamos nossas famílias humanas, mas que as incluímos nos votos de fazer o bem a todos os seres.

67　Mais um passo

Numa tarde fria, mestre Dogen reuniu seus discípulos e falou o seguinte:
— Do topo de um poste de 100 pés de altura, como você dá mais um passo? Abandone corpo e mente de maneira decisiva. Pense que a morte não é má. Quando abandonamos preocupações sobre tudo, desde a arte de viver até nossas próprias vidas, podemos obter o Caminho. Mesmo se praticarmos como se tivéssemos de apagar o fogo em nossas cabeças, se ainda houver preocupações sobre sua vida, nada será obtido.

•

Quando achamos que chegamos ao topo, que não há mais para onde subir, qual o passo seguinte? Você pode se jogar no vazio? Se atirar no nada? Ou descer, voltar atrás? Se não houver mais ideias, conceitos a que se agarrar, o que fazer? Só os capazes de dar esse passo adentram o caminho do não eu.

Mas cuidado! Não se atire de cima de um edifício, muro, janela, precipício. Não estamos falando de suicídio.

Falamos da Grande Morte. Abandonar todos os condicionamentos e acessar o primeiro olhar a compreensão da realidade, antes de rótulos, antes de nomear, antes de catalogar. A experiência primária de samádi, como uma criança, um bebê, que percebe os sons e as formas assim como são.

Há quem desista, quem desça se apoiando nas próprias referências. Há quem seja capaz de abrir mão e dar o passo em direção ao nada. E... oh! O nada é o tudo.

Não perdido e não encontrado. Não há queda. Não há ascensão e não há o parar estático no ar. Os Koans são usados, muitas vezes, para nos levar a esse lugar.

Houve um monge japonês que, na década de 1930, foi transmitir os ensinamentos zen em Nova York. Seu nome era Sokei. As pessoas tinham muitas questões, e ele deu a seguinte explicação sobre a experiência zen:

Uma pessoa queria chegar ao fim do mundo. Caminhou e caminhou, subiu e desceu montanhas, atravessou planaltos, cruzou rios, oceanos e desertos, adormeceu nos vales e acordou nos picos. Mas não chegava ao fim.

Certo dia, chegou a uma área lotada de pessoas.

— Onde estou? — perguntou. E responderam:

— Aqui é onde tudo termina. Nada mais há.

Curiosa, a pessoa deu mais alguns passos e lá estava o nada. Um abismo escuro, o desconhecido não identificável pelo conhecido.

O monge Sokei-an disse:

— Ao chegar a esse local, a maioria das pessoas volta atrás. Aqui terminou todo o saber, todo o conhecimento, tudo o que a mente pode compreender por meio da consciência lógica, do raciocínio. Pois é exatamente aqui que o praticante zen se atira.

Atirar-se no desconhecido, no vazio, no nada. Abrir as mãos. Soltar o poste do conhecido e atrever-se a penetrar o não saber.

É preciso de três elementos: a dúvida, a grande fé, a determinação. E isso só ocorrerá se houver a entrega absoluta — sem preocupação com o futuro nem com o passado. É o momento da ruptura que todos os grandes místicos, de todas as tradições espirituais, tanto aclamam como sendo o encontro sagrado.

Vamos dar esse passo? Jogue fora tudo o que obteve — sua iluminação, sabedoria, conhecimentos, estado Buda, ensinamentos, mente comum, tudo. Reduza-se ao vazio. Abandone até o vazio. Isso é dar o passo adiante de um poste de 100 pés de altura.

68   Abandone o abandonar

Um monge perguntou ao mestre Joshu:
— Eu não tenho mais nada. Tudo abandonei. E agora?
Mestre Joshu respondeu:
— Abandone o abandonar.

•

Se pararmos no haver abandonado tudo, ainda estaremos presos ao haver abandonado. Quem realmente tudo abandona também abandona o abandonar. Caminha livre, sem que a terra o sustente nem o céu o cubra. Pois se torna a vida do céu e da terra. Colhe os frutos doces da prática amadurecida, mantendo os pés no chão e o corpo todo no céu.

Não devemos nos apegar nem à pobreza nem à riqueza. Há quem se enalteça por ser pobre, por não acumular riquezas. É preciso jogar fora também esse pensamento, essa ideia.

Alguns pregam a volta ao passado, à vida natural e simples. Não utilizar as novas tecnologias, andar a pé ou de bicicleta, comer apenas frutos ou nozes caídas das árvores. Estão apegados. Outros só andam em carros com ar-condicionado, alimentam-se de especiarias raras. Estão apegados.

Buda dizia a seus monges que comessem o que lhes fosse doado e se vestissem com tecidos que fossem descartados. Se não houvesse tecidos, podiam se cobrir com folhas ou peles de animais.

O caminho de Buda é severo e realista: não admite falsidades, apegos nem aversões.

69   Abandonar o mundo

Um discípulo leigo se aproximou de mestre Dogen e per-
guntou:
— Qual a diferença entre um monge e um leigo?
Mestre Dogen respondeu:
— É preciso haver uma diferença de atitude entre leigos
e os que deixaram suas casas. Um leigo que tenha a mente
de um monge ou monja será liberado do samsara. Um mon-
ge ou monja que tenha a mente de uma pessoa laica tem
faltas duplas. Não é que seja difícil de fazê-lo, mas fazê-lo
completamente é difícil. Se você abandona o mundo, deve
abandoná-lo completamente. Independentemente de ser leigo
ou monge.

•

Samsara é o incessante transmigrar, na roda do nasci-
mento/morte, através dos seis mundos: inferno, reino dos
espíritos famintos, dos animais, dos espíritos belicosos, da
existência humana e dos seres celestiais.

É importante esclarecer que a transmigração para o budismo não é antropocêntrica, ou seja, o ser humano não é
o centro. Refere-se mais ao surgir e desaparecer incessante
de todas as formas de vida. Apenas seres humanos podem
realizar conscientemente esse gerar e cessar constantes.
Resolver o problema é realizar o fato. Realizar o fato é libertar-se do samsara.

Esse é o despertar.

Abandonar o mundo não é se isolar em uma cabana remota. É não ser pego pelo consumismo, não ser devorado pelo ciúme, pela raiva. É compreender o grande vazio da essência da consciência — que não julga e apenas reconhece o que é pelo que é, sem se identificar com seus momentos de surgir e desaparecer.

É poder ter livremente, sabendo que nada pertence ao ser. É assistir a um jogo de futebol com alegria. Torcer. Rir se ganhar e não sofrer se perder. Poder contribuir com quem tem opiniões contrárias às suas, se estas vencerem e forem escolhidas pela maioria. Pensar no bem coletivo antes que no bem individual, pessoal ou de um pequeno grupo. Não ter o coração rompido (*cor rupto*), mas íntegro em todas as circunstâncias.

Ser sereno ao falar. Gentil com os mais novos ou dependentes, tanto em casa como no trabalho. Ser respeitoso em relação aos mais antigos e líderes.

Tanto leigos como monásticos podem abandonar o mundano e se refugiar no sagrado. Isso não os impede de cuidar da casa, do templo, de conversar, ir ao cinema, ver televisão, estudar, ter Facebook, fazer compras, comer e beber prazerosamente. Rir, brincar, fazer esportes. Orar, meditar.

Abandonar o mundo é não ser consumido pela ganância, raiva e ignorância. É entrar em contato com a verdade e viver com plenitude. Quem assim o faz, quer no mosteiro, quer em sua casa, é uma pessoa leve, livre, realizada, desperta.

70   Palavras gentis

Durante a vida de Xaquiamuni Buda, muitos não budistas falavam mal dele e o detestavam. Um de seus discípulos perguntou-lhe:

— O mestre tem sido sempre gentil e pleno de compaixão. Todos os seres deveriam igualmente respeitá-lo. Por que há quem assim não o faça?

Buda respondeu:

— Quando eu dirigia uma grande assembleia, no passado, geralmente admoestava meus discípulos e gritava com eles, sempre procurando por suas faltas. Por causa disso, essas coisas acontecem comigo atualmente.

•

Se você lidera um grupo, lembre-se de nunca usar palavras críticas nem abusar de sua posição. Encoraje as pessoas com palavras gentis. Nunca ofenda membros de sua família, colegas ou qualquer pessoa com palavras duras. Cuidado!

"Esse é meu temperamento, monja. Não consigo mudar", assim me falou uma praticante de zazen. Essa frase em si já limitava qualquer possibilidade de mudança. Ela vivia muito só.

Procurava organizar grupos de meditação em sua cidade, emprestava a sala de sua casa para as reuniões. Pessoas vinham, ela se alegrava em ensinar. Mas sua voz era alta, seus gritos se ouviam das esquinas. Não por ser má, mas por querer que aprendessem logo. Muitas vezes ofendia as pessoas que a vinham auxiliar. Não foram poucas as que se afastaram entristecidas e decepcionadas.

"Temperamento", dizia ela. Pois o seu temperamento afastava as pessoas e ela se lamentava da falta de praticantes. Por mais que fosse a festas e reuniões, que procurasse se envolver nas atividades do bairro, quando voltava para casa se sentia só. Muitas vezes me telefonava, reclamando de todos, do mundo, da vida. Era incapaz de ouvir qualquer conselho meu. O que fazer? Como ajudar essa pessoa a mudar seu "temperamento"?

Nada fixo, nada permanente — ensina Buda.

Por que algumas pessoas se fecham para novas possibilidades, se travam em seus condicionamentos anteriores e se negam a qualquer possibilidade de mudança?

É possível mudar, sim. É preciso mudar a maneira de nos relacionar uns com os outros. A maneira de nos relacionar internamente, conosco também.

Mas, quando estamos viciados, um grande esforço é necessário. Temos de nos treinar, pois, quando sorrimos, quando usamos palavras gentis e um tom de voz macio, somos mais bem ouvidas e atendidas. Minha superiora sempre nos dizia isto: "Sorria. Uma face sorridente abre portas".

Muitas vezes parece impossível sorrir diante das dificuldades. Mas é preciso lembrar-se do grande quadro, da imensidão da vida, da impermanência e agir de forma adequada para obter bons resultados.

Se Buda chegou a ter quem o desrespeitasse e Jesus de Nazaré foi torturado e morto por ser bom, como posso eu reclamar do tratamento que recebo? Deve haver causas e condições para que seja assim. Podemos alterar algumas das condições e minimizar os sofrimentos.

Na minha infância, minha mãe — que era uma educadora formada — nos ensinou, a mim e a minha irmã mais velha, a tratar todos por você. Era a nova educação. O respeito não estaria nos termos senhor e senhora. Ela, entretanto, chamava meus avós — seus pais — de senhor e senhora. Nós os chamávamos de você e corríamos para recebê-los, com alegria, sempre que os encontrávamos.

Meu pai, também um educador, concordava com minha mãe e nos deixava chamar a todos de você, embora ele mesmo assim não o fizesse.

Certo dia, estávamos saindo de casa e um senhor que nos ajudava a limpar o jardim estava chegando. Meu pai, durante todo o tempo, o chamou de senhor e o tratou com muito respeito. Fiquei pensando sobre isso. Meu pai, que ia trabalhar de terno, sóbrio e elegante, chamava a esse homem sujo de terra, de sandália, de senhor. Por quê?

Finalmente perguntei, e meu pai me ensinou assim:

— Porque eu o respeito. É um trabalhador correto. Também quero ser respeitado e, se eu o tratar com respeito, ele também me respeitará.

Como seria bom se eu sempre pudesse praticar o que meu pai me ensinou nesse dia, assim como o que minha mestra me ensinou em Nagoya e o que Buda nos vem ensinando.

Tenho a tendência a brincar muito com as pessoas e procurar criar um clima de identidade e igualdade. Nem todos compreendem, e muitas vezes me sinto desrespeitada.

Então tenho de reconhecer que fui eu mesma quem criou causas e condições para ser assim tratada. E, quando reflito em profundidade, reparo que posso estar além do desrespeito ou do respeito se compreender, apenas compreender.

71   O que é Buda?

Todo este mundo triplo
É meu domínio
Todos os seres vivos
São minhas crianças.
(Sutra de Lótus)

•

Assim falou Buda. Quem é Buda? O príncipe Sidarta após o despertar? A natureza desperta de todos os seres? O despertar da consciência de cada pessoa?

Segundo os ensinamentos deixados pelo Buda histórico, o príncipe que desperta e passa a ser chamado de Xaquiamuni Buda, há mais de 2.600 anos, o primeiro dos três mundos se chama mundo da forma e dos apegos. Um mundo bem conhecido: temos um corpo-mente cheio de necessidades e vontades. Sono, alimentação, reprodução, conhecimento. Estamos sempre desejando algo, nos apegando a pensamentos, sentimentos, sensações.

O segundo é o mundo da forma sem desejos. Algumas pessoas conseguem viver sem apegos e sem aversões. Sem nada a desejar, agradecem o que a vida trouxer. São seres capazes do contentamento com a existência. Não desenvolvem ódios nem aversões. São de natureza gentil e suaves no trato. Não ferem nem são feridos.

O terceiro é o mundo da não forma. Alguns entendem como o mundo dos espíritos. Outros, como o mundo da libertação da forma, o mundo das ideias, dos pensamentos, da abstração dos sentidos.

Buda diz que esse mundo triplo — alguns também consideram os mundos do passado, do futuro e do presente como o mundo triplo — são seu domínio, sua morada, sua casa. E que todos os seres são suas crianças. Todos os seres vivos surgindo e desaparecendo a cada momento. Não apenas seres humanos. Entretanto, não é animismo (de uma *anima*, alma, espírito, que tudo anima), não se baseia na crença de uma alma ou espírito independente. Mas todos os seres vivos no surgir-desaparecer incessante e simultâneo através do espaço e do tempo.

Nós, seres humanos, também somos todos crianças de Buda, filhos e filhas da sabedoria perfeita, manifesta em todos os mundos, habitando todas as esferas.

No Japão, há uma expressão comum, visto que a maioria da população é budista: "Estamos todos na mão de Buda. Somos sustentados por Buda, logo não há nada a temer ou com que se preocupar".

Meu mestre de transmissão do Darma, Yogo Roshi, nos recomendava:"Vocês devem ser as mãos de Buda no mundo".

Como ser as mãos de Buda? Como dar sustento a todos os seres? Como fazer dos três mundos a nossa morada?

Prática incessante. Praticar Buda. Gestos, palavras e pensamentos de abrangência ilimitada. Sabedoria e compaixão unidas nas decisões e reflexões.

72   Virtudes e faltas

O abade de um grande mosteiro, cansado de ouvir muitos resmungos e reclamações de alguns dos monges sobre outros monges, falou o seguinte:
— Um antigo disse que, se você não for igual a uma pessoa, não fale de sua conduta. Isso significa que, se você não aprendeu sobre as virtudes alheias, não deve falar de suas faltas ou criticá-las. Deve considerar que seja uma boa pessoa, mesmo que suas ações estejam erradas. Boas pessoas também fazem coisas erradas.
Aceite apenas as virtudes e não as faltas. Uma pessoa sábia vê as virtudes dos outros e não suas faltas.

•

Pare de resmungar e de falar mal dos outros. Chega desse murmurinho de lamentações. A vida é extraordinariamente maravilhosa. Perceba as virtudes das pessoas, suas qualidades. Procure pelas qualidades, não pelos erros. Todos cometemos erros.

A sabedoria está em apreciar as virtudes em você e nos outros. É a capacidade de apreciar a vida, compreender os erros e procurar corrigi-los.

Ignorância é ver apenas as faltas nas pessoas e não perceber suas virtudes.

Cuidado para não se tornar rabugenta, amarga e infeliz.

Lembro-me de uma ocasião em que fui fazer minhas orações anuais no altar da proprietária do restaurante Taizan, no bairro da Liberdade.

A senhora me recebeu, como sempre, com muito respeito e carinho. Terminadas as preces, sempre me convidava a uma refeição no salão requintado do restaurante. Um verdadeiro banquete. Entretanto, nesse dia, eu estava distraída e comecei a reclamar do trânsito, da cidade. Ela me ouviu por alguns minutos e, quando pôde, me falou o seguinte:

— Hoje de manhã, bem cedo, um passarinho me despertou com seu trinado suave. Abri a janela, e o amanhecer foi tão bonito.

Imediatamente compreendi e me calei, envergonhada, de não ser capaz ainda de apreciar as belezas do dia e apenas falar das faltas.

Espero que a prática incessante me permita, cada vez mais, apreciar cada instante e saber lidar com leveza e sabedoria nas diversas situações que eu possa encontrar.

73 Relíquias de Buda

O mestre zen Tanka Tennen (739-824) queimou uma imagem de madeira de Buda durante um inverno muito frio para aquecer o templo. Alguns monges se revoltaram, e ele disse:
— Eu a estou queimando para transformá-la em relíquias de Buda.
Um dos monges perguntou:
— Como o senhor pode obter relíquias de Buda de uma estátua de madeira?
O mestre respondeu:
— Se não é possível, por que vocês acham que eu estou errado?

•

Mais importante do que as imagens de madeira de um Buda são os Budas vivos — os seres humanos, os animais, as plantas.

Quando uma pessoa iluminada morre, seu corpo é cremado. Entre as cinzas, podem ser encontrados pequenos pedaços de ossos e algumas formações que mais parecem cristais. A isso chamam *sharira* — ou relíquias. Quando Xaquiamuni Buda morreu, seu corpo foi cremado.

Cada pedacinho de cinza, ossos ou formações minerais foram chamados de "*sharira* de Buda" (relíquias de Buda). Eram muito disputadas. As pessoas acreditavam — e ainda acreditam — que ter um pedacinho que seja do que foi o corpo de Buda é ser abençoado infinitamente. Há um poema que recitamos durante as cremações, ou após, chamado Poema das Relíquias de Buda. O ensinamento principal do poema é que, se a nossa mente estiver una, sem dualidades, é a mente Buda manifesta. E também que as relíquias de Buda são toda a vida do céu e da terra — a imensidão, o ilimitado, o inconcebível.

No caso anterior, o mestre comenta com seus discípulos que, ao queimar a estátua de madeira, a transformaria em relíquia. Afinal, os monges estavam mais preocupados com a imagem do que com a saúde e o bem-estar dos praticantes do mosteiro.

Ora, os monges disseram que as cinzas resultantes da queima da estátua não se tornariam relíquias, pois não eram resíduos do corpo de Buda. Será que não? Se as relíquias de Buda são todas as vidas do céu e da Terra, as cinzas deixadas pela madeira queimada também seriam relíquias.

Mesmo antes de queimar já era; logo, não poderiam se tornar o que já eram. A estátua em si já era uma relíquia. Entretanto, mais do que preservar imagens sagradas, devemos preservar a sacralidade da vida.

Assim, sem culpa e sem culpar, o fogo aqueceu os monges e a prática continuou sem cessar.

74 Nada a possuir

O leigo Hoon (discípulo de Baso Doitsu), falecido em 808, ficou famoso entre os praticantes zen. Quando iniciou sua prática, quis jogar no mar todas as posses de sua família. As pessoas tentaram dissuadi-lo:

— Você deveria dar suas posses a outras pessoas ou para o bem do budismo.

E ele respondeu:

— Estou jogando-as fora porque as considero prejudiciais. Sabendo que são prejudiciais, como poderia dá-las a outras pessoas? Riqueza é um veneno que enfraquece corpo e mente.

E acabou arremessando tudo ao mar. Depois disso, fez cestas de bambu e as vendeu para sobreviver.

•

Se você considera que o cigarro é prejudicial à saúde, não vai dar os maços que tem a outra pessoa. Da mesma maneira, esse homem, que havia sido muito apegado à sua fortuna, quando decidiu se libertar dos afazeres do mundo comum, preferiu jogar tudo ao mar em vez de passar para outra pessoa o sofrimento que ele mesmo vivenciara para ter e manter a fortuna.

A riqueza material pode se tornar um obstáculo à sabedoria verdadeira.

Assim, o leigo Hoon se libertou de apegos e paixões mundanas e dedicou o resto de sua vida a viver em simplicidade e pobreza.

Mas cuidado. Até o voto de simplicidade e pobreza pode ser uma armadilha da mente para você se sentir superior ou diferente das outras pessoas. Atente bem: estaria você se libertando do ego ou teria o ego encontrado outra forma de o controlar?

Medite.

75 A decisão é sua

Um monge disse:
— Minha mãe é idosa e sou filho único. Ela depende de
mim para viver. Seu amor por mim é profundo e meu dese-
jo de cuidar dela também é grande. Assim, estou envolvido
com atividades e pessoas mundanas. Com a ajuda de outras
pessoas, obtenho roupas e alimentos para minha mãe. Se eu
abandonar o mundo e for viver numa choupana, minha mãe
não sobreviverá um só dia. Ainda assim, é difícil para mim
ficar no mundo sem ser capaz de penetrar completamente o
Caminho de Buda, pois é meu dever cuidar dela. Se houver
alguma razão pela qual eu deva abandoná-la para penetrar
o Caminho, que razão seria essa?
O mestre Dogen respondeu:
— Esse é um assunto difícil. Ninguém pode decidir por você.
Considere cuidadosamente. Se você verdadeiramente aspira à
prática do Caminho de Buda, seria bom criar condições para
sua mãe e para você. O que você realmente desejar, obterá.

•

O caminho verdadeiro é livre. A escolha é sua. Será que
é preciso esperar os pais morrerem para se dedicar ao
que realmente deseja?

Há uma outra história antiga: um jovem praticante levava
sua mãe sempre que ia praticar nos templos. Embora, no
início, ela apenas fosse aos templos para acompanhar o filho,
mais tarde se tornou monja e o filho também pôde seguir

a vida monástica. Essa foi uma maneira de criar causas e condições adequadas para se dedicar à sua vocação.

Quando eu estava praticando no Zen Center de Los Angeles, durante um retiro de sete dias e sete noites, ficou hospedada em meu quarto uma senhora que viera do México.

Todas as noites e todas as manhãs ela rezava o terço. E eu, todas as noites e todas as manhãs, fazia 108 reverências completas até o chão (prostrações). Quando o retiro terminou, conversamos pela primeira vez e ela me contou que participar de um retiro zen fora o presente de Natal que seu filho lhe dera.

— Houve um momento — ela me disse — que pensei em desistir. Minhas pernas doíam muito, minhas costas ardiam. Então me lembrei de Jesus sendo torturado e crucificado. Se Ele pôde suportar o martírio, como poderia eu reclamar tanto de uma pequena dor nas pernas e nas costas? Então, eu me entreguei à dor. E passou. Não desapareceu, mas já não era importante e pude orar a Jesus e me tranquilizar. Agora, só sinto gratidão e respeito por essa prática do Zen.

Esse encontro se deu antes de eu me tornar monja. Os ensinamentos antigos dizem que é adequado fazer os hábitos monásticos de tecidos doados ou encontrados nas ruas. Quando comentei com essa senhora que ainda iria procurar os tecidos para meus futuros hábitos monásticos, ela não titubeou e me fez uma doação em dinheiro. Foi com essa oferta que comprei os tecidos para eu mesma costurar meu manto de discípula de Buda, bem como as roupas pretas (koromo) e o quimono branco para a ordenação.

Compreendi e agradeci ao filho dessa senhora, que amorosamente deu de presente de Natal à sua mãe a oportunidade de vivenciar o Darma de Buda, que se tornou também a presença de Jesus de Nazaré.

76   A cor da grama

O Mestre Nacional (título dado pelo imperador a um monge ilustre) perguntou ao monge conselheiro da corte imperial:
— De onde você veio?
— Do sul da cidade — respondeu.
O mestre:
— De que cor é a grama ao sul da cidade?
— Amarela — foi a resposta.
Havia um jovem monge servindo o mestre, e a ele também foi perguntado:
— Qual a cor da grama ao sul da cidade?
— Amarela — ele disse.
O mestre comentou:
— Até esse menino pode receber o manto púrpura e falar sobre a profunda verdade ao imperador e à corte.

•

Os monges escolhidos e nomeados como conselheiros do imperador e da corte geralmente recebiam um manto púrpura.

O mestre faz uma pergunta aparentemente inocente, sobre a cor da grama. O monge conselheiro responde da mesma maneira que o jovem atendente do mestre. Seria o comentário do mestre um elogio ao jovem ou uma reprimenda ao conselheiro? Qual seria a resposta que o iniciante não poderia ter dado?

Se você fosse o conselheiro do imperador e lhe perguntassem sobre a cor da grama ao sul da cidade, o que diria? Seria capaz de responder: "Além da forma e da não forma, sem cor nenhuma"?

Reflita a respeito da responsabilidade que paira sobre quem ocupa cargos como o do conselheiro imperial.

77   Dúvidas e questões

Quando o noviço se apresentou ao mestre, ficou em silêncio.
Esse noviço sempre evitava ir ao encontro do mestre, pois se
gabava de não ter nenhuma dúvida sobre os ensinamentos e,
logo, nada haveria para conversar com o mestre.
Conhecendo a mente de seu discípulo, o mestre quebrou
o silêncio:
— Embora ter dúvidas não seja uma boa coisa, também é
errado se apegar ao que consideramos senso comum e evitar
questionar o que e quem deveríamos questionar.

•

Manter-se apenas de acordo com o senso comum ainda não
é a sabedoria suprema.

Duvidar de tudo e de todos é uma das doenças da mente. Outra doença da mente é aceitar o senso comum sem
questionamentos.

Tenho um discípulo leigo que, mensalmente, pega um
avião no Sul do país apenas para vir falar comigo por cerca
de uma hora. Ele estuda e pratica o Darma de Buda com
muita dedicação, e sempre temos assuntos para longas e
prazerosas conversas.

Por outro lado, tenho uma discípula monja que quase nunca
me procura. Certa vez, chegou a dizer que não saberia o que
conversar comigo em privacidade.

Ora, os encontros particulares e confidenciais com os
orientadores são exatamente para que as pessoas possam

se desenvolver nos ensinamentos superiores. Não é uma exibição de escolaridade, nem o silêncio de quem nem sabe o que perguntar.

É preciso questionar o que deve ser questionado. Procurar se aprofundar na verdade e no caminho. Jargões, clichês, frases de efeito mundano — tudo deve ser observado em profundidade.

Atualmente reclamamos muito e nem pensamos mais no que estamos dizendo, apenas repetindo frases ouvidas na mídia.

Qual o interesse da mídia atual? A quem estará protegendo e defendendo? Que notícias escolhe espalhar pelo mundo? Qual é o sentido verdadeiro da existência? Há sentido?

Questione e se aprofunde na verdade. Não apenas de ensinamentos antigos, mas do que está acontecendo agora, hoje, em sua vida, em suas escolhas, em seus segredos.

A única liberdade possível é estar fluindo de acordo com o Darma, a Lei Verdadeira.

78   Boas pessoas

— Mestra, mestra — repetia a monja para a superiora do mosteiro —, há anos pratico ao seu lado e não vejo diferença em mim. Continuo tola e arrogante.

A superiora, sorrindo, disse:

— Praticar de forma correta é como caminhar através da névoa e do orvalho. Embora você não fique molhada, seus hábitos estarão umedecidos.

•

Minha superiora no Mosteiro Feminino de Nagoya costumava nos dizer que a prática verdadeira é quase imperceptível para quem pratica. Era como caminhar através da névoa. Nem sequer percebemos que nossas roupas estão ficando umedecidas.

Outra analogia que nossa superiora geralmente usava era a da fragrância do incenso. Se entrarmos numa sala e houver um incenso aceso, no início perceberemos sua fragrância. Depois, nos acostumaremos e poderemos até nos esquecer. Entretanto, a fragrância ficará impregnada em nossas roupas e quem nos encontrar a perceberá.

Lembro-me de que, certa vez, quando ainda era noviça no Mosteiro em Nagoya, escrevi uma breve carta a meu pai. Ele me respondeu que a carta chegou perfumada. O perfume que ele sentiu era efeito da prática sob orientação de nossa superiora. Nem eu mesma o percebera.

Assim deve ser a prática correta dos ensinamentos sagrados. Sem alardes, sem grandes arroubos. Apenas deixar-se umedecer pela doçura do Darma de Buda.

79   Sementes

Um monge perguntou ao mestre Tozan Ryokai (807-869), um
dos fundadores da ordem Soto Zen na China:
— O que é Buda?
O mestre respondeu:
— Três punhados de sementes de sésamo.

•

Tozan Ryokai é famoso por haver criado um sistema de compreensão de estudos por meio das Cinco Relações entre Absoluto e Relativo, chamadas em japonês de Go-i. O absoluto sozinho, o relativo sozinho, o absoluto dentro do relativo, o relativo dentro do absoluto e os dois interagindo.

Quando jovem, praticou com vários mestres. Certo dia, finalmente, ao se abaixar para beber água em um riacho tranquilo, viu sua imagem ali refletida e se iluminou (teve a experiência mística de despertar). Compôs o seguinte poema:

Não procure através dos outros,
pois assim a verdade se afasta mais e mais.
Quando só, eu procedo através de mim mesmo.
Eu o encontro aonde quer que eu vá.
Ele é o mesmo que eu,
mas eu não sou ele.
Apenas quando o compreender
estará identificado com Buda.

Procuramos Buda onde ele não está. Procuramos em conceitos, intelectualizações.

Buda está nas sementes de sésamo, está nos altares e nos penhascos. Está nos céus e na Terra. Está no lixo, nas sombras. Está na luz e na penumbra. Mas procuramos fora de nós, procuramos nos textos sagrados, procuramos nas palavras e cada vez nos distanciamos mais e mais.

Por isso, no poema, mestre Tozan Ryokai afirma: "Quando só, avanço em mim mesmo e o encontro aonde quer que eu vá". Avançar em si mesmo, por si mesmo, é o eu conhecendo o Eu.

Estar a sós. Apreciar o silêncio, a quietude, as preces, a meditação, aprofundando-se nas questões essenciais sobre vida e sobre morte.

A maioria de nós, no entanto, prefere estar em contato com outras pessoas — tanto pessoal como virtualmente. Procuramos distrações, entretenimentos. Publicamos nossas selfies em toda parte. Centrados em nós mesmos, mas não dentro de nós mesmos. Preocupados com a aparência e o parecer dos outros, deixamos de penetrar na essência.

Buda é o mesmo que eu, que você. Mas eu e você não somos Buda.

A imagem, o reflexo — no riacho, no lago, no espelho — é você, mas você não é a imagem, o reflexo. Quando no espelho reflexo e refletido se fundem, o que é?

Nesse local Buda, a mente se desfaz, os condicionamentos se rompem e podemos apenas estar absolutamente presentes no Interser.

80 Canteiro de orquídeas

Um antigo disse:
— Embora o sol e a lua brilhem, as nuvens flutuantes podem encobri-los. Embora canteiros de orquídeas estejam para florescer, os ventos de outono fazem com que murchem.

•

O sol e a lua, poderosos e brilhantes, podem ficar escondidos por frágeis nuvens passageiras. As mais belas orquídeas murcham com o invisível vento.

Lembre-se da impermanência e do transformar contínuo.

Embora a lua tenha várias fases, é sempre a lua cheia — quer oculta, quer visível. O sol não se apaga quando a Terra gira, e mesmo o eclipse só o esconde temporariamente.

A força e a luz, o calor e a vida podem parecer que terminaram, mas eram apenas nuvens que os encobriam. Flores murcham, pétalas caem, folhas mudam de cor. Nada é permanente. Mas cada momento tem sua beleza.

Apreciar a vida e a morte, não como opostos, mas complementares.

Sem a luz, onde estaria a sombra?

Para isso há também um poema japonês antigo: "Quanto mais forte o brilho da lua, mais escura é a sombra do pinheiro".

81 Cercas e pedregulhos

Um jovem monge perguntou:
— Como é a mente dos antigos Budas?
O mestre respondeu:
— Cercas, paredes, telhas quebradas e pedregulhos.

•

Onde estão os antigos Budas?

Há poucos dias, depois de terminar a leitura de um texto clássico do zen-budismo, escrito pelo mestre Eihei Dogen (1200-1253), o fundador da tradição Soto Zen no Japão, um jovem perguntou:

— No Brasil existem Budas Ancestrais?

A minha discípula, ao me ver passar, respondeu:

— Atrás de você!

Ele se virou e, ao me ver, perguntou novamente:

— No Brasil existem Budas Ancestrais?

Respondi sorrindo:

— Muitos.

Poderia ter dito "não".

O que é um Buda Ancestral? O que é a mente de um Buda antigo? É a realidade simples do que existe. Antes de conceituar e julgar. Presença absoluta. A mente dos antigos Budas pode ser a sua mente, desde que você abandone o falso e se abrigue no correto.

A erudição, a intelectualidade podem se tornar obstáculos. Ou não. Apenas não se separe de Buda.

Cada pessoa que desperta é a manifestação de um Buda Ancestral. Não imagine um ser especial, com luzes saindo de seu corpo e palavras especiais de sua boca.

Lembre-se de que há tantos Budas quantos grãos de areia no rio Ganges. E, se cada grão de areia do rio Ganges se tornar outros rios Ganges, a quantidade de grãos de areia de todos esses rios será aproximadamente a quantidade de Budas no mundo.

Desperte!

82   Arrogância

— Não seja arrogante se considerando igual ou superior aos outros. Não se deprecie se considerando inferior. Ambos são espécies de arrogância. Lembre-se de que pode estar numa alta posição e cair. Pode estar em segurança agora, mas poderá estar em perigo no próximo minuto. Está viva agora, mas não sabe do amanhã.

•

Assim mestre Dogen Zenji falava a seus discípulos. Esse é o sétimo dos Dez Graves Preceitos de Buda: "Não se elevar e rebaixar os outros. Não se rebaixar e elevar os outros. Não se igualar".

Os Dez Graves Preceitos são:

- Não matar.
- Não roubar.
- Não abusar da sexualidade, não manter relações sexuais impróprias.
- Não mentir.
- Não negociar intoxicantes: não usar, não comprar, não vender, não estimular outros ao uso.
- Não falar dos erros e faltas alheios.
- Não se elevar e rebaixar os outros, não se rebaixar e elevar os outros, não se igualar.
- Não ser movido pela ganância.
- Não ser controlado pela raiva.
- Não falar mal de Buda, Darma e Sanga.

•

"Manter os Preceitos é me manter vivo neste mundo", disse Buda em seu discurso final.

Se compreendemos um dos Preceitos, os outros podem ser também compreendidos.

O orgulho e a arrogância podem ter várias facetas. A pessoa que se considera inferior também é arrogante, também é orgulhosa e está presa à ideia de um "eu" separado — melhor ou pior. Até mesmo se considerar igual a alguém é errado. Cada um, cada uma de nós é único e tem seu papel e sua função em cada momento.

Nossos papéis e funções são múltiplos e se alteram. Não há nada fixo.

Lembrar-se da impermanência e da morte pode ser um estímulo para descer do salto alto, da arrogância e estar disponível a fazer o melhor, em qualquer circunstância, em qualquer tarefa.

No universo iluminado não há superior, não há inferior nem igual. Cada pessoa, cada criatura tem seu papel e sua função momentâneos e transmutativos. Somos seres semelhantes, mas não somos iguais. Cada partícula manifesta o todo. Você é o todo manifesto, e não uma parte do todo. Atente para isso.

•

Mestre Tendo Nyojo (século XII, China), orientador de mestre Eihei Dogen, dizia:

"Um momento de zazen, um momento de Buda.

No zazen, todos os Preceitos são mantidos."

83   Pérolas de neve

*Quando o mestre zen Hoe se tornou abade, o templo estava
dilapidado e os monges, perturbados. Um oficial disse que
deveriam consertar o templo. Mas ele respondeu:*

*— Mesmo que o prédio caia, certamente é um lugar melhor
para praticar zazen do que o chão ou sob uma árvore. Se uma
parte cair e surgirem goteiras, poderemos nos sentar onde
não houver goteiras. Se monges pudessem obter a iluminação
construindo paredes, deveríamos fazê-las de ouro e joias. O
despertar da mente Buda não depende de o prédio ser bom
ou mau. Depende da diligência na prática.*

No dia seguinte, ele disse:

*— Eu me tornei agora abade de Yogei e o telhado e as pa-
redes têm muitas rachaduras e buracos. O chão todo está
coberto com pérolas de neve e os monges encolhem os ombros
de frio e suspiram na escuridão. Isso me faz lembrar os antigos sábios sentados sob as árvores.*

•

Recentemente uma praticante zen de nosso templo foi
passar uma temporada em Paris. Procurou por um local de
práticas meditativas e foi para La Gendronnière, templo
fundado pelo mestre Deshimaru Roshi.

Era o início da primavera e onde ela estava sentada
para o zazen havia uma goteira que pingava sobre sua
cabeça. Ela procurava mover a cabeça para não receber
a água da goteira. Então, notou que também havia uma

goteira sobre a cabeça do monge que se sentava ereto e imóvel bem à sua frente.

Quando o período de zazen terminou, ela foi ter com ele:

— Há goteiras aqui na sala de zazen. Eu fiquei tentando evitar e você nem se mexeu. Por quê?

— Ora, era apenas uma goteira e não há nada permanente neste mundo. Ela já não está mais pingando em mim.

A jovem, então, compreendeu o Darma.

Da mesma maneira, o mestre zen Hoe ensinava a seus monges que se preocupassem menos com paredes, fendas, goteiras, neve, frio e calor e penetrassem o Darma por meio da prática incessante e maravilhosa do Samádi dos Samádis. Zazen. Pratique e compreenda. Liberte-se de apegos e aversões e seja feliz.

"Apenas após ter se tornado pobre, poderá se iniciar no Caminho."

84   Conselhos hábeis

Durante a época do imperador Shikotei (falecido em 210 a.c.),
famoso por construir a Grande Muralha da China, o príncipe
coroado queria aumentar seu jardim de flores.
Um ministro disse:
—Maravilhoso! Aumentando o jardim de flores, muitos pássa-
ros e animais virão morar aqui e seremos capazes de defender o
país contra as tropas de nossos vizinhos com pássaros e animais.
O príncipe desistiu.
Em outro momento, o príncipe queria construir um palácio
com pilastras de laca.
Um ministro disse:
— Realmente deve ser feito. Se Vossa Majestade colocar
laca nos pilares, os inimigos não invadirão.
A essência dos ensinamentos é deixar de fazer o mal e en-
corajar a fazer o bem usando meios hábeis.

•

Um bom governo depende da habilidade de seus ministros
e conselheiros.

O jovem príncipe não podia ser contrariado. Assim, usando
da sabedoria, o ministro o fez perceber que gastos inúteis
com superficialidades de beleza para seu prazer pessoal não
iriam beneficiar o país.

Da mesma forma, devemos usar meios hábeis para que os
corações partidos das pessoas que ainda são incapazes de
agir para o bem comum possam se tornar íntegros.

Corromper é romper o *cor*, o coração, a essência do ser. Resultado não de uma ou duas pessoas, mas de um sistema errôneo que foi aprendido e copiado desde um passado longínquo.

Estamos numa nova Era. Temos a capacidade de ver o planeta como um todo. Sabemos que o bem individual depende do bem coletivo. Fazer despertar as lideranças, criar centros de treinamento para políticos, líderes, empresários, a fim de que acordem e criem um novo hábito de relacionamento com os bens públicos e pessoais, é possível.

Comece você, em sua casa, em seu local de trabalho. Não queira se aproveitar de nenhuma situação. Não receba nem dê propina. Não manipule nem seja manipulado por pensamentos inferiores de lucro e fama.

Mais vale a sandália de plástico do que o sapato de couro de jacaré, se sua vida for honesta e simples. Dormirá melhor, terá relacionamentos amorosos estáveis e poderá ser realmente feliz. Use meios hábeis para que seus líderes despertem.

85   Sem discussão

*"Embora o poder de uma pessoa sábia exceda o de um touro,
essa pessoa não luta com o touro."*
*Se você pensa que sua sabedoria é superior à dos outros,
não deve se alegrar em argumentar. Mais ainda, não deve
abusar as pessoas com palavras violentas nem olhar raivo-
samente aos outros.*
*Certa feita, o mestre zen Ganto Zenkatsu (828-887) contou
que, quando praticava com Seppo Gison (822-908), presenciou
uma discussão entre Seppo e outro praticante. Conforme foram
argumentando, passaram a usar palavras duras e discutiram.*
*— Depois da discussão, Seppo me perguntou por que eu
não os interrompera, já que éramos amigos. Naquela ocasião,
eu não disse nada, apenas uni as mãos palma com palma e
abaixei a cabeça. Mais tarde, Seppo se tornou um grande
mestre e eu, um abade. Naquela época, avaliei que discutir o
Darma era sem sentido. Discutir é errado. Considerando que
de nada adiantava brigar, fiquei em silêncio.*
*Devemos ensinar, mas só depois de sermos perguntados três
vezes. Não devemos falar muito nem ter conversas sem sentido.*

•

Buda só respondia a perguntas que fossem feitas a ele três
vezes consecutivas. Pois apenas o perguntar superficial não
é verdadeiro e não leva a pessoa à reflexão.

Jovens praticantes muitas vezes querem discutir e mostrar o quanto sabem ou estão certos sobre algum aspecto

da prática. Cuidado! Isso se relaciona a tudo em sua vida. Quer nas artes, quer na sua profissão. Não se preocupe em ensinar, a menos que peçam insistentemente e se tornem capazes de ouvi-lo.

Há pessoas que perguntam apenas para criar uma discussão e querer demonstrar seu ponto de vista, não para ouvir o que você tem a dizer. Logo, não entre em conversas inúteis. Bem fez o bom amigo de mestre Seppo. Recusou-se a participar da discussão, juntou as mãos e se foi.

A verdade não precisa ser discutida.

Certa vez, um filósofo aproximou-se de Buda com seus discípulos e disse:

— Senhor, vim aqui discutir a verdade.

Buda respondeu:

— Se vamos falar a verdade, como poderia haver qualquer discussão?

O filósofo e todos os seus discípulos se converteram em praticantes dos ensinamentos de Buda.

Se queremos construir uma cultura de paz e de não violência ativa, temos de seguir os conselhos desses monges antigos.

Vemos na televisão e nos jornais, tanto aqui no Brasil como em outros países do mundo, pessoas discutindo, brigando, ofendendo, ferindo, cortando cabeças, atirando bombas, matando e morrendo. Também nos meios políticos, dos representantes do povo, envergonhados, assistimos a discussões, brigas, troca de insultos. Controlados pela raiva, muitos perdem a capacidade de dialogar — quer em Senados, Câmaras de deputados ou de vereadores. É preciso saber substituir o debate pelo diálogo.

O princípio do diálogo é ouvir para entender. Temos de entender as outras pessoas, compreender seus olhares e pareceres sobre o mundo. Para que também possam nos ouvir e compreender. Assim, em respeito e com dignidade, poderemos juntos fazer o bem a todos os seres.

Criar harmonia e justiça é mais importante do que ganhar. O verdadeiro ganho é maior do que vitórias individuais.

A discussão inflamada, os gritos, a raiva — tudo está ligado ao nosso eu menor, que quer ser aprovado, quer ganhar, quer se impor e, muitas vezes, esconder suas próprias faltas acusando outrem. Na arte da guerra, ensina-se que a melhor defesa é o ataque. Mas imagine não guerras, não batalhas, não ataques e não defesas. É possível.

Quando não houver mais lutas, estaremos todos unidos construindo uma nova cultura — a do respeito, da inclusão, da ética, da justiça e da cura da Terra.

86 Tudo vem da terra

Certa ocasião, o abade fundador de Eiheiji, no século XIII, assim falou:
— Sentar ao vento e dormir ao sol é melhor que usar ricos brocados. Ouro e joias foram tirados da terra, assim como madeira e pedras. Sem preferências nem julgamentos de valor. Se achar que ficará apegado aos ricos brocados, também poderá ficar apegado ao sol e ao vento. Cuidado. Buda recebia comidas finas e comidas simples da mesma maneira.

•

Monjas e monges devem se vestir de trapos, roupas velhas, apreciar a natureza e ser como nuvens e água — seguindo os ventos dos ensinamentos. Assim rezam os textos antigos.

Mas cuidado. Se houver apego aos trapos, à pobreza, à apreciação da natureza, poderá se tornar uma nova prisão, uma maneira pequena, limitada, bitolada de compreender a realidade.

Tudo o que existe é a vida da Terra. Somos a natureza, a vida. Assim, não julgue uma joia de metal precioso inferior ou superior a um anel de madeira. Cada coisa tem seu valor intrínseco e está relacionada a tudo o mais em função e posição.

Nos últimos anos de treinamento no Japão, fui participar de um programa especial para futuros professores de mosteiros. Chamava-se Shikeyoseijo – preparação para formação de professores corretos.

Era um programa de quatro anos. Durante todos os anos, deveríamos passar três meses em reclusão num mosteiro especial. Professores monásticos e leigos vinham nos dar aulas e estimular a reflexão sobre vários aspectos dos textos clássicos aplicados à vida contemporânea. Textos da Índia antiga, com seu sistema de castas e os considerados párias, fora das castas — os excluídos.

Além disso, nos especializávamos nas várias liturgias e intensificávamos os retiros e as práticas de meditação. Especializamo-nos, na época, em perceber de onde vinha o princípio de discriminações e preconceitos que perturbavam a sociedade japonesa — e o mundo.

Havia muitas aulas, inclusive sobre discriminação de gênero, discriminação sobre a origem das pessoas, ocupações, doenças. Visitamos e vimos filmes sobre matadouros, pesqueiros, centros para tratamento de hanseníase. Estivemos em guetos onde os grupos discriminados por profissões e origem ainda vivem.

Descortinava-se para mim um universo até então desconhecido da cultura japonesa e oriental, e eu podia comparar isso com o Ocidente e nossos processos discriminatórios. Percebi que a discriminação também se manifestava na separação imaginária e falsa entre o ser humano e a natureza.

Esses estudos, aulas e reflexões me fizeram perceber que o ser humano é a natureza Buda. Tudo é a natureza Buda e tudo é impermanência. A impermanência é a natureza Buda. Assim, pude fazer a correlação entre preconceitos e discriminações da mente humana, não apenas entre seres humanos — o que definitivamente precisa ser modificado, mas inclui a separação entre os seres humanos e a natureza. Além do antropocentrismo, Buda ensinava que estamos todos interligados. O ser humano não é o centro da criação, interdepende de todas as outras formas de vida.

Minha dissertação principal foi sobre a interdependência entre meio ambiente, cultura de paz e direitos humanos. Hoje esses são os três pilares da nossa ordem.

No terceiro ano dessa reclusão, surgiu um jovem monge que passou a me ajudar a ler e estudar os textos mais complicados para mim, que tinha pouco conhecimento da língua japonesa.

Um determinado dia, como havia esfriado, vesti um manto que recebera de meu mestre de transmissão. Era um manto antigo, que ele usara muito, estava desgastado pelo tempo, mas era de seda pura.

Nesse dia, o jovem monge que me auxiliava pegou a ponta do manto e, olhando para mim, disse:

— Ah! O seu manto é de seda?

E eu, me lembrando dos ensinamentos de Buda, respondi:

— É de trapos velhos!

Seja qual for o tecido que estejamos usando, quando se tornam hábitos monásticos, tornam-se tecidos puros — e estes não são nada mais do que trapos velhos.

Logo, não procure a seda ou os brocados, nem prefira os tecidos considerados inferiores e mais simples pelas pessoas comuns.

Lembre-se de que tudo é a vida da Terra.

87   Bons conselhos

Um dos clássicos diz: "Bons conselhos soam duros aos ouvidos".

•

Se os conselhos de pessoas que lhes querem bem soarem duros aos seus ouvidos, preste atenção.

Quando eu estava no terceiro ano do fundamental, resolvi um dia colar numa prova. Eu nunca havia colado. Via outras crianças o fazendo e fiquei curiosa. Eu gostava de estudar. Não era uma aluna muito aplicada. Passava sempre, mas, diferentemente de meus pais, que sempre foram os primeiros da classe, eu era uma aluna mediana.

Era divertido estudar, fazer provas para testar minha memória e inteligência, mas também gostava de brincar, andar de bicicleta e ler livros de histórias ou aqueles que meu pai apontava na biblioteca de casa dizendo que não eram para nós, crianças.

Como nunca havia colado, não sabia bem como fazê-lo. Peguei o livro da matéria e o abri embaixo da carteira. Havia uma emoção estranha nisso. Um arrepio. A professora não poderia perceber. Assim, estava eu empenhada nessa atividade quando minha melhor amiga, que se sentava na cadeira atrás da minha, levantou a mão e disse:

— Professora, ela está colando.

A professora se aproximou de mim e perguntou se era verdade. Confirmei, ainda orgulhosa do meu atrevimento. A professora grafou um zero bem grande e bem vermelho na minha prova e escreveu embaixo: "por estar colando na prova".

Fiquei muito brava com a minha amiga e, no ônibus, ela me disse:

— Você um dia me agradecerá.

Durante anos, não confiei em nenhuma outra amizade. Mas nunca mais colei na minha vida.

Foi um conselho duro, mas que não me deixou enredar pelo caminho da burla e da mentira. Era realmente uma boa amiga.

88   O bem e o mal

— *Mestre* — *perguntou o praticante* —, *há pessoas boas e pessoas más de nascença? Estamos determinados ao bem ou ao mal?*

E mestre Dogen Zenji respondeu:

— *Originalmente não há bem nem mal na mente humana. O bem e o mal dependem da situação.*

A mente não tem características fixas — *muda de acordo com as circunstâncias. Se encontra boas circunstâncias, a mente se torna boa. Se encontra más circunstâncias, ela se torna má.*

Não pense que sua mente é má por natureza. Apenas siga boas circunstâncias.

•

Quando eu era criança, minha mãe foi cursar a Faculdade de Filosofia da USP. Ela havia se separado do meu pai e resolveu estudar. Eu a amava muito e gostava de ficar no seu colo, ou perto dela, conversando, brincando. Minha mãe, então, para me incluir naquilo que ela mais gostava de fazer — estudar — me colocava para ler alguns textos que ela precisava apresentar em seus trabalhos.

Lembro-me de um deles, sobre dois pensadores. Rousseau dizia que o ser humano nasce bom, mas a sociedade o corrompe. Lombroso dizia que um assassino, por exemplo, já vem com essa condição de nascença e poderiam seus traços ser identificados até fisicamente.

Qual é a verdade?

Nascemos bons e a educação, ou a falta de educação, nos tornaria maus? Há um caminho do meio?

Quando vemos uma ninhada de cachorros (já convivi com algumas ninhadas de cães akita), percebemos que alguns são mais dengosos, outros mais agressivos, uns mais fortes, outros mais fracos, alguns brincalhões, outros quietos, uns briguentos e outros fujões.

Ora, nós já nascemos com certas predisposições genéticas, além dos condicionamentos durante a gestação. Alegrias, tristezas, brigas, músicas, leituras — tudo influencia o feto em formação. Depois de nascer, continuamos a receber vários estímulos.

Voltando aos cães: um cachorro com tendências agressivas, se for preso, tiver pouco alimento, carinho, passeios, poderá se tornar uma fera incontrolável. Entretanto, se for mantido solto e feliz, passear, for bem alimentado e amado, poderá ser menos violento, embora sempre tenhamos de ter cuidado, pois sua natureza é de fera.

Assim também somos nós, seres humanos. Nossa mente não é boa nem má. Responde a estímulos e treinamento. Logo, podemos nos treinar e seguir boas circunstâncias, tornando a fera em nós um animal terno, de estimação.

89   Sem ver e sem ouvir

Há um provérbio: "A menos que você seja surdo-mudo, não poderá ser o chefe da família". Se não falar mal dos outros e não ouvir os insultos de outros, você sucederá em seu trabalho. Apenas uma pessoa assim está qualificada para ser o chefe de uma família.

•

Uma líder, um líder, chefe de família, gerente, diretor, presidente precisam dessa qualidade. Se ficar falando mal das pessoas e preocupando-se com o que digam e pensem de você, não terá sucesso.

Lembro-me de que ao visitar Nova Délhi, os aposentos dos dias finais de Mahatma Gandhi, na proximidade do jardim onde fora assassinado, faziam parte do museu em sua memória. Ao lado de sua cama de solteiro, poucos objetos: um par de óculos, uma colher, alguns cadernos, lápis e os três macaquinhos, cada um cobrindo com as mãozinhas os olhos, os ouvidos e a boca, respectivamente.

"See no evil, hear no evil, speak no evil
like the three little monkeys
that grandmother has on the shelf.
If you see anything evil,
just keep it to yourself."

Quando jovem, aprendi essa canção na aula de inglês. A tradução é mais ou menos assim:

"Não veja o mal, não ouça o mal, não fale o mal,
assim como os três macaquinhos
que a vovó tem na prateleira.
Se você vir qualquer coisa má,
guarde para você."

•

Ou seja, não espalhe más notícias. Não fale dos erros e faltas alheios. Não se eleve e rebaixe os outros. Também não se rebaixe e eleve os outros. Não se preocupe com o que estejam falando sobre você — bem ou mal. Ouça as críticas com atenção e observe se são cabíveis ou não. Mas não se irrite, não queira revanche. Não desenvolva a mente de revolta, rancor.

Liderar é servir e compreender, acolher e provocar o melhor em cada pessoa e situação. Isso inclui o próprio líder. Se comentar sobre os erros dos outros, poderá causar desarmonia no grupo e desconfiança entre seus pares.

Pais e mães devem se respeitar e nunca falar das falhas um do outro na frente dos filhos. Pelo contrário, devem ser capazes de apontar as qualidades um do outro para estimular na criança um desenvolvimento saudável.

Quando um casal se separa, deve manter a dignidade de não querer dividir o amor dos filhos nem tentar fazer com que escolham entre um ou outro. Lembrem-se: a criança é fruto da união e carrega o DNA dos dois. Assim, faça com que ame e respeite a ambos e possa desenvolver as melhores qualidades.

Isso se aplica também a empresas e até a países.

Unir esforços para o bem coletivo — isso é liderança verdadeira.

90   O caminho fácil

"O Caminho supremo não é difícil. Apenas evite ter preferências."

•

Essa é a primeira frase de um poema chamado *Shin Jin Mei*, em japonês, que pode ser traduzido por "Ter fé na mente", escrito pelo monge Sosan, que faleceu em 606.

Evitar preferências — como é difícil.

Certa vez, uma das nossas professoras de budismo, no Mosteiro Feminino de Nagoya, pediu que escrevêssemos sobre o tema. Não sabendo japonês, escrevi um longo tratado sobre viver sem apegos e sem aversões e, muito orgulhosa, entreguei a essa professora.

Ela era uma monja quieta, falava em voz baixa e suas aulas chegavam mesmo a ser monótonas. Mas eu a respeitava. Aguardando por seus comentários e esperando receber uma boa nota, fui surpreendida por sua sinceridade:

— Se você morasse sozinha, no meio da mata, tudo o que escreveu poderia estar certo. Mas como viver isso em comunidade?

Ela não me deu nenhuma nota. Fez apenas esse comentário. Percebi que a prática não é o discursar, mas o vivenciar relações de harmonia e respeito com todas as pessoas.

A cada três meses, mudávamos de aposentos, de colegas de cela e de funções. Parecia tolo no início.

Assim que conseguia me fazer entender por alguém, mudava de companheiras. Com o tempo entendi — era preciso ser capaz de criar relacionamentos de respeito e harmonia com todas as monjas. Difícil era o caminho. Nada fácil.

Foram necessários oito anos para começar a entender: "O Caminho não é difícil. Apenas evite ter preferências".

91 Dívidas

Quando o abade fundador de Eiheiji foi questionado sobre a atitude para praticar o Caminho de Buda, respondeu assim:
— Você deve praticar o Caminho com a atitude de uma pessoa que tenha uma imensa dívida e seja forçada a pagá-la sem ter um tostão.

•

Ter uma grande dívida pode levar a pessoa à depressão e à doença. Mas também pode levá-la ao trabalho e à dedicação.

•

Temos uma grande dívida com nossos ancestrais, com a vida da Terra. Não dispomos de meios financeiros para pagar essa dívida, mas podemos criar causas e condições para proteger a vida em sua diversidade.

Podemos nos entregar ao trabalho e à alegria de viver e, assim, retribuir todo o bem que recebemos de tudo o que nos mantém vivas e vivos.

Somos sustentadas e sustentados por todas as formas de vida. Vamos retribuir cuidando com sabedoria e ternura? Sem um tostão, como pagamos a dívida incomensurável de estarmos vivos?

Que nossas atitudes, palavras e pensamentos sejam a retribuição à mãe Terra, ao pai Sol e à nossa irmã Lua.

Que tenhamos dignidade ao cuidar dos mais fracos e respeitar os mais fortes.

Que saibamos servir com sabedoria e cuidado.

Que sejamos hábeis em criar relacionamentos de harmonia e grandes congratulações.

92   Divisão de tarefas

As provisões e alimentos guardados em um mosteiro de-
vem ser confiados apenas a quem compreenda causa e efei-
to. Que administrem as várias atividades: dividir o mosteiro
em departamentos e distribuir o trabalho. O abade deve se
concentrar na prática de zazen e encorajar os membros da
assembleia, sem se envolver em outros assuntos.

•

Mestre Dogen Zenji devia ter problemas no mosteiro recém-
-construído de Eiheiji. Como abade superior, deveria estar
envolvido apenas nas práticas espirituais, mas precisou falar
sobre isso porque provavelmente vinham questioná-lo sobre
as coisas do mosteiro. O ideal não é o real.

Quando saí do Templo Busshinji, no Centro de São Paulo,
para fundar nosso pequeno núcleo de prática, o chamamos
de Zendo Brasil. O monge professor doutor Ricardo Mário
Gonçalves nos disse:

— Saibam dividir as tarefas. A mestra deve estudar e con-
duzir as práticas meditativas e de estudo. Não deve perder
tempo com as questões administrativas. E fundem um Zen
realmente brasileiro.

Tentamos. Abrimos os portais para pessoas de todas as
etnias — não apenas japoneses ou descendentes, como foi no
passado em templos de origem nipônica. Então somos um Zen
brasileiro, pois é praticado por brasileiros. Mas mantemos
as tradições que aprendi no Japão.

Afinal, sou missionária oficial de nossa sede, em Tóquio para a América do Sul. Não cabe a mim alterar, modificar, mas adequar e traduzir.

Em minha comunidade, não consegui ficar apenas nas práticas litúrgicas, na meditação e nos estudos formais do Darma. Sou chamada até mesmo para trocar uma lâmpada. Perguntam-me sobre as refeições, temperos, luzes, velas, incenso, limpeza, cachorros. Faço compras no supermercado, na casa de velas, nos centros de construção civil e me sobra pouco tempo para estudar, preparar aulas e mesmo meditar.

Compreendo isso como parte das minhas funções e atividades religiosas — o servir, enquanto preparo monges e monjas devidamente treinados para assumir funções e responsabilidades com mais independência.

Houve um grupo de praticantes que, querendo ajudar muito, atrapalharam. Sempre diziam:

— Não vamos incomodar a Roshi.

Foram me afastando das decisões sobre a comunidade, e esta começou a se enfraquecer. Não apenas sobre coisas materiais e administrativas. Também não vinham falar comigo sobre os ensinamentos e mal praticavam a meditação. Consideravam-se autossuficientes. Lamentável. Muitos foram embora e tivemos de recomeçar.

Estou sempre pronta a recomeçar. Afinal, a vida é incessante e os movimentos das ondas do mar tornam o mar mais bonito.

Temos de procurar o ponto de equilíbrio. Não só nos mosteiros, mas nas casas, no trabalho, nos relacionamentos, na vida.

Algumas pessoas têm sua vida dividida entre trabalho, família, hobbies, espiritualidade. Outras se dedicam apenas ao trabalho e não compreendem seus colegas e vice-versa.

É preciso aceitar e compreender as pessoas com quem compartilhamos nossos dias.

Eu não tenho outra profissão nem interesses. Desde que me tornei monástica, entreguei minha vida à prática dos ensinamentos de Buda. Dia e noite, sete dias por semana. Logo, meu empenho e minhas decisões estão mais de acordo com as necessidades da comunidade do que os de pessoas que frequentam o templo duas vezes por semana e eventualmente pensam sobre nossos problemas e dificuldades.

Assim, embora concorde com mestre Dogen, também discordo dele. Como teria sido construído o Mosteiro-Sede de Eiheiji, no século XIII, em quatro anos e como seria sua prática mantida até hoje se ele mesmo não fosse o grande líder de toda essa comunidade?

Quando vamos visitar o Mosteiro-Sede de Eiheiji, no Japão, nossa cabeça naturalmente se abaixa. A força de mestre Dogen e de seus discípulos continua presente e viva em cada atividade — tanto nas administrativas como nas religiosas.

Aliás, quem pode separá-las?

93 Sem recompensas

"Quando fizer favor aos outros, não espere recompensa.
Depois de dar algo, não se arrependa."

•

Quando minha avó morreu, a imagem colorida do Coração de Jesus que ficava em seu quarto veio ficar no quarto de minha mãe. Depois de muito tempo, esta me deu uma outra imagem, branco e preta, com Jesus segurando uma caneta numa das mãos e a terra na outra. Fiquei feliz e a coloquei na sala do apartamento onde eu morava. Ateia, eu mantinha a imagem por memórias doces de infância.

Certo dia, um amigo veio me visitar e pediu a pintura. Ele queria presentear uma amiga cristã, católica com essa imagem.

Não vacilei. Eu vivia nesses dias o não apego. O que me pedissem eu dava, sem restrições. Dei roupas, calçados, objetos de estimação. Estava praticando o que eu chamaria de libertação.

Mas, alguns dias depois, fiquei me lembrando da imagem. Tantas memórias. As histórias contadas por minha mãe, sob as bênçãos de Jesus. Esse quadro havia presenciado tanto de minha vida.

E minha mãe sempre dizia que ele era meu protetor, pois quando nasci um de meus braços fora arrancado do tronco pelo fórceps. Estavam chegando aparelhos ortopédicos dos Estados Unidos, e os médicos achavam que eu ficaria para sempre deficiente.

Mas minha mãe orou. Orou para esse Coração de Jesus e, no dia em que retiraram o gesso, os dedinhos de minha mão se moveram. "Milagre", todos disseram.

E eu havia doado a imagem milagrosa. Arrependi-me. Mas não havia como tê-la de volta.

Alguns meses depois, fui visitar a jovem que meu amigo presenteara com o quadro. Surpresa, vi que ela o havia colocado exatamente sobre a cabeceira da cama — assim como fizera minha mãe.

Uni as mãos palma com palma e rezei, do fundo do coração, para que essa imagem continuasse a inspirar pessoas ao caminho da fé e da cura.

94 Nobre silêncio

"Mantenha sua boca silenciosa como seu nariz e nenhum desastre o alcançará."

•

Meu mestre de transmissão, Yogo Suigan Roshi, que me autenticou como professora dos ensinamentos de Buda, sempre dizia:

— Antes de falar qualquer coisa, passe a língua três vezes por dentro de toda a boca. Reflita: o que vou dizer é correto? O que vou dizer beneficiará esta situação? O que quer que possa dizer beneficiará todos os seres? Se não puder responder afirmativamente a uma dessas perguntas, é melhor se calar.

Quantos problemas podem ser evitados se conseguirmos segurar a língua.

Mas, além da fala, temos de calar a mente. Nossa maneira de pensar é também transmitida a todos os seres.

Durante nossos retiros zen, procuramos manter o silêncio. O primeiro passo é silenciar a boca. O segundo é silenciar a mente.

Quando penetramos o silêncio sagrado, nos tornamos capazes de estar completamente presentes e disponíveis a cada momento.

Durante os retiros, os primeiros dias são mais tumultuados. Nosso hábito de falar se incomoda com o silenciar. A mente, muito estimulada no dia a dia, estranha a diminuição dos estímulos quando nos sentamos voltados para a parede branca.

Nos primeiros dias, muitos conflitos, dúvidas, pensamentos, sensações podem nos fazer querer desistir. Se persistimos, uma doce calma se instala. O silêncio interior se manifesta no exterior. Tudo se encaixa e se torna um dança mágica e fluida. Nada incomoda nem atrapalha. O fluxo dos pensamentos está lá, como o rugir das ondas do mar na quebrada da praia, mas estamos nas profundezas, e o som pausado, lento e leve de nosso respirar é a ponte que nos leva e traz da praia ao fundo do mar.

95   Fuja de Buda

Um monge foi se despedir de mestre Joshu. O mestre per-
guntou:
— Para onde você vai?
Ele respondeu:
— Estou indo visitar vários locais para aprender o Darma
de Buda.
Joshu pegou um instrumento litúrgico chamado hossu (um
bastão com crina de cavalo na ponta, que simboliza os fios
brancos de cabelo entre as sobrancelhas de Buda) e disse:
— Não fique onde Buda existe. Corra rapidamente de onde
não Buda existir.

•

Mestre Joshu, "os lábios zen", novamente faz jus a seu nome:
liberte-se do apego a ideias de Buda ou não Buda.

O monge era praticante no mosteiro de mestre Joshu e não
foi capaz de reconhecer que ali estava um velho Buda. Incapaz de penetrar a prática e seguir os ensinamentos, foi
procurar em outro local. O mestre poderia fazer um grande
discurso sobre "o Darma de Buda está em você, pratique e
penetre o não eu". Entretanto, bem sabia ele que a pessoa
provavelmente não seria capaz de entendê-lo se falasse diretamente. Assim, sugeriu:

— Não fique onde Buda está, fuja de onde Buda não está.

Teria sido o monge capaz de seguir os conselhos do velho Buda Joshu? Teria entendido o que é Buda?

Se pudesse traduzir para as tradições monoteístas, o mestre diria algo assim:

— Não fique onde está Deus e fuja de onde Deus não está.

Ora, se acredita na onipresença e onisciência — da mesma maneira que acreditamos na natureza Buda permeando toda a vida do Cosmos —, onde está e onde poderia não estar?

Espero que você compreenda e reencontre o sagrado do qual jamais pode se afastar.

96   Perda e ganho

Não é ruim perder diante de um sábio, mas não ganhe diante de um estúpido.
Quando alguém não compreende o que você bem sabe, falar mal dele será seu erro.

•

Esse é um provérbio asiático antigo. Lembrando que foram muitas as pessoas que vieram discutir com Buda, questionar Jesus, bem como duvidar de outros líderes e profetas das várias ordens espirituais.

Não foram poucos os que se tornaram seus discípulos. Não há vergonha alguma em reconhecer ensinamentos superiores e os acolher.

Mas evite discutir à toa, evite querer ganhar qualquer discussão de um tolo.

Se encontrar alguém que não compreenda o que você sabe ser verdadeiro e benéfico, por favor, não saia falando mal dessa pessoa. Se o fizer, estará perdendo todo o mérito acumulado do seu conhecimento.

Quem discute, debate, quer ganhar e fala mal de outras pessoas é quem ainda não adentrou o Caminho Iluminado.

97 Ouça, veja, obtenha

Embora o Mosteiro de Eiheiji ficasse nas profundezas da montanha de Echizen (hoje Fukui), todos os meses chegavam pessoas para ouvir o mestre. Algumas vinham repetidamente e, embora apreciassem os ensinamentos, não os praticavam. Conhecendo a mente das pessoas, certa ocasião, o mestre disse:
— *Ouça, veja, obtenha.*
Se você não obteve, veja. Se ainda não viu, ouça.
Ver é superior a ouvir, obter é superior a ver.

•

Ouvir os ensinamentos e colocá-los em prática é tornar-se os ensinamentos — esse é o Caminho superior.

Muitas pessoas gostam apenas de ouvir palestras, ler livros, mas não os conectam com sua vida. São os ouvintes da verdade.

O nível seguinte é o de pessoas que além de ouvir começam a perceber, a ver — em si mesmos e nos outros. São capazes de avaliar, diagnosticar a doença ou a virtude por meio do estudo e da prática do Caminho.

O nível superior é o de quem, além de ouvir e ver, é capaz de obter, de se tornar os ensinamentos. Fazer deles a própria vida. Praticar o que ouviu, percebeu e considerou correto.

Como uma boa médica, a pessoa é capaz do diagnóstico correto para, então, remediar, curar, estimular o organismo a se reequilibrar.

Estimular o Caminho de nunca fazer o mal, sempre fazer o bem e sempre fazer o bem a todos os seres. A prática superior pode ser sua. Tente.

Buda dizia: "Atente para o que eu digo. Se considerar bom, experimente, use. Se não achar benéfico, jogue fora".

Não é apenas porque alguém que consideramos superior falou que devemos seguir. Precisamos refletir, experimentar e, se for correto, utilizar em nossas vidas.

98   Portal do Dragão

No oceano há um local chamado Portal do Dragão, onde imensas ondas surgem incessantemente. Sem falta, todos os peixes que por aí passam se tornam dragões, misteriosamente. Suas escamas não mudam e seus corpos parecem os mesmos, mas se tornam dragões. As imensas ondas não são diferentes das de outros locais e a água também é água salgada comum.

O caminho do Zen é assim. Quem entrar num local de prática — embora este não seja especial — se tornará um ser iluminado.

•

Apenas um verdadeiro dragão reconhece outro dragão. Pode parecer uma pessoa comum, sem nada de especial, mas, se atravessou o portal sem portas do Zen, se seguiu os ensinamentos e continua praticando incessantemente, algo fundamental mudou.

Surpreendi-me recentemente ao abrir um livro que encontrei casualmente no aeroporto. Estava embrulhado em papel transparente e o comprei porque era fino e não seria pesado para carregar durante a viagem.

Era realmente um livro leve e profundo, que iniciava contando a história de Buda como exemplo de que só será possível a sobrevivência humana no planeta Terra se houver a mudança de consciência que o Zen propõe. Concordo plenamente. Espero que o maior número de pessoas possa atravessar o Portal do Dragão, meditar e penetrar o samádi dos samádis, despertar e, assim, sair do ser ou não ser para penetrar o Interser.

Que todos os seres se tornem iluminados.

99   Compaixão

Há muito tempo Eshin Sozu, também conhecido como Genshin (942-1017), fez com que alguém espantasse um vea- dinho que comia grama no jardim.
— Parece que o senhor não tem compaixão. Por que não quer compartilhar sua grama com o bichinho e o afugentou?
Ele respondeu:
— Se eu não o afugentasse, ele eventualmente se tornaria familiar com seres humanos. E se acaso se aproximasse de uma pessoa má, certamente seria morto. Por isso o espantei.

•

O monge Genshin era da tradição Tendai, que significa Plataforma Celestial. Essa ordem foi criada na China por um monge chamado Chih-i. Muitos ensinamentos de Buda estavam chegando da Índia e alguns pareciam até mesmo contradizer outros. Assim, o monge criou uma estrutura para que os ensinamentos fossem reconhecidos de acordo com as diferentes etapas da vida de Buda.

O templo principal da tradição Tendai, no Japão, fica no Monte Hiei, nas proximidades de Quioto. É chamado de Mon- tanha-Mãe, pois lá se formaram grandes líderes religiosos que fundaram ordens budistas muito importantes, inclusive a nossa.

Como o templo-mosteiro fica em meio a montanhas e vales cobertos de vegetação natural até hoje, nas estradas asfal- tadas que nos levam às edificações principais há sinais de trânsito indicando para termos cuidado com animaizinhos como veados, macacos, e assim por diante.

No caso anterior, o monge inexperiente questiona o mestre sobre sua compaixão: por que espanta o animal manso? Faltaria benevolência ao mestre?

Este, sem se incomodar com a crítica, apenas explica que é por compaixão que o afastava.

Algumas vezes, nós também precisamos afastar ou permitir que se afastem de nós algumas pessoas, para que possam crescer e se desenvolver livres e saudáveis, sem ficar nas prisões dos apegos e das aversões mundanas.

A verdadeira compaixão é livre e conduz à libertação.

100   A seda e a fome

Myoan Eisai Zenji (1141-1215) recebeu uma peça de seda e,
feliz, voltou ao mosteiro — seria uma boa troca por alimentos
para os monges.
Entretanto, chegou uma pessoa que lhe pediu a seda. Ime-
diatamente ele a entregou e disse aos monges:
— Vocês podem pensar que foi errado. Mas vocês estão aqui
por causa da sua aspiração pelo Caminho de Buda. Mesmo
que possamos morrer de fome, é melhor beneficiar e salvar
pessoas no mundo secular que estão sofrendo por falta de
algo de que precisam.
A mente de uma pessoa do Caminho é diferente da mente
das pessoas comuns.

•

Buda dizia que as coisas puras são aquelas que estão isen-
tas de desejo. Assim, os mantos monásticos eram feitos de
tecidos jogados fora, descartados. Geralmente panos fura-
dos, manchados, dos quais retiravam as partes melhores e
depois tingiam de uma cor só. Era praticamente um tecido
remendado. Esses tecidos eram chamados de tecidos puros
e adequados para monges se cobrirem.

•

Nosso grande amigo e mestre Eisai Zenji viveu numa época
de fome, pobreza, pestes e privações no Japão medieval. Era
um monge bom e severo. Fundou três templos, o último deles

em Quioto, no distrito das gueixas — Quion. Passando pelos bares, ao fim da ruela reconstruída para manter o estilo medieval está a entrada de Kenninji.

Foi nesse templo, hoje um museu, que o episódio aconteceu. Posso imaginar Eisai Zenji voltando de uma prece e trazendo a peça de seda com que o presentearam em gratidão por suas orações e ensinamentos.

Os monges, que estavam sentindo a falta de alimentos, se alegraram com a possibilidade de trocar a seda por arroz, tofu, verduras, cogumelos, missô (massa de soja).

Mas eis que chega um visitante. Eisai Zenji o recebe e ouve seus pedidos. Fome, miséria.

Olha à sua volta. O que dar a essa família? A única coisa de valor era a peça de seda. Sem pensar duas vezes, entrega-a ao visitante.

Sentindo que alguns dos monges se lamentavam e, embora não falassem, condenavam a atitude do mestre, este dá a lição final:

— Praticantes do Caminho devem primeiro cuidar das necessidades de quem sofre, mesmo que venham a morrer de fome.

Mestre Eihei Dogen Zen foi monge praticante de Kenninji. Na sala de Buda, pintado no teto, um grande dragão carrega uma joia arredondada. Que joia é essa que o dragão preserva? A joia do Darma, dos ensinamentos, da verdade.

Embora a função dos monges e monjas seja libertar as pessoas dos sofrimentos mentais-espirituais, da delusão que os impede de progredir e ser feliz, algumas vezes temos de oferecer condições materiais ou estímulos para que, com saúde e alegria, possam vivenciar o Caminho Iluminado.

101 Coração vazio

Koun Ejo era o fiel discípulo de mestre Eihei Dogen. Sempre que o mestre dava algum ensinamento aos monges ou aos leigos, ao voltar a seus aposentos, Koun Ejo escrevia o que ouvira.

Foram tantos escritos que acabaram se tornando um livro chamado *Zuimonki* (Anais do que Foi Ouvido). Entre esses textos estava o seguinte:

"Se o coração não estiver vazio, será impossível aceitar conselho leal."

Quando o seu ouvir estiver completamente puro no corpo e na mente, será capaz de ouvir intimamente.

Quando ouve com essa atitude, pode clarificar a verdade e resolver suas questões.

O verdadeiro obter do Caminho é abandonar corpo-mente e seguir seu mestre diretamente.

Esse é o segredo principal. Se mantiver essa atitude, será a verdadeira pessoa do Caminho."

•

Só queremos ouvir conselhos que estejam de acordo com nossas opiniões. Outros conselhos nem sempre são ouvidos.

Tenho muitos discípulos e discípulas, bem como pessoas que vêm praticar em minha comunidade e querem se consultar comigo.

Alguns são capazes de me ouvir, de refletir sobre minhas orientações e seguir as instruções. Outros ouvem parte e criam um entendimento diferente do que eu disse. E há pessoas incapazes de me ouvir.

Recentemente uma senhora veio assistir a minhas palestras. Falei com ela pessoalmente, de passagem, na entrada do templo, uma ou duas vezes. Ela disse que queria ser monja e eu a instruí para primeiro vir conhecer nossas práticas antes de pensarmos nessa decisão.

Percebi que não era uma pessoa comum.

Depois de minha palestra, uma de minhas discípulas veio me falar:

— Sensei, na saída de sua palestra uma senhora estava muito transtornada. Disse que a Monja Coen sabia tudo sobre sua vida e havia falado dela para todos. Tentei dizer que nós todos nos sentimos assim quando a senhora fala. Parece que é para nós, porque o ensinamento é vasto e não é pessoal. Ela pareceu não entender e foi embora.

Como tenho recebido muitos comentários, depois de minhas palestras, de que eu teria falado diretamente ao coração das pessoas, não me preocupei com o caso.

Alguns dias depois, essa senhora passou a telefonar para o templo reclamando de que eu estava interferindo em sua vida. Como poderia ser? Eu não a conhecia, não sabia seu nome nem o que fazia.

Pelo telefone, percebendo a insanidade, acabei dizendo a ela que não se preocupasse, que isso não iria mais acontecer.

Meses se passaram. Uma certa manhã, essa mesma senhora veio ao templo e queria muito entrar, num horário em que não estamos abertos, dizendo que eu e outros professores do Darma de outras tradições a estávamos difamando e perturbando. Ela mesma chamou a polícia, pois meus alunos disseram que o templo estava fechado e ela não poderia entrar.

Os policiais chegaram, foram bem recebidos por nossos alunos, visitaram o templo e se foram, pedindo à senhora que não nos incomodasse.

Esse caso, sem dúvida, é extremo. O que estaria perturbando a mente dessa senhora? Quando eu soube do ocorrido, só pude unir minhas mãos palma com palma e orar para que esse ser encontre a tranquilidade que procura.

No Zen, temos uma expressão interessante: "Ouvir com os olhos e ver com os ouvidos".

Todos os sentidos presentes para realmente ver e ouvir o que é, assim como é. Sem criar fantasias nem projetar realidades sobre a realidade. Não construir flores no céu claro.

102   Desapego

Certa feita, um imperador chinês recebeu de presente de um país vizinho um cavalo que podia viajar milhares de quilômetros por dia.

Com tristeza, ele pensou: "Mesmo que eu viaje milhares de quilômetros neste excelente cavalo, de nada adiantará se meus seguidores não me acompanharem".

Conversou com seu ministro, que concordou. Assim, o imperador devolveu o cavalo carregado de ouro e seda.

Não devemos guardar o que não necessitamos ou não nos é útil. Para que guardar coisas inúteis?

•

Há uma empresa que faz propaganda na televisão sobre o desapego: "Desapega! Desapega!". Essa empresa torna possível que você venda o que tem em sua casa e não lhe é necessário.

Apego é algo muito difícil de lidar. Arranjamos inumeráveis razões para guardar aquela roupa que foi usada em uma situação que não queremos esquecer. Mas a roupa não nos serve mais. Assim como a situação jamais se repetirá.

Ou guardamos pelas memórias ou por possibilidades futuras que podem nunca chegar.

Assim, a sabedoria desse rei foi devolver o cavalo extraordinário.

Algumas vezes, guardamos pensamentos e memórias que nos isolam e separam de outras pessoas. Retroalimentamos sofrimentos e perdas. Isso também não deve ser guardado. Será inútil em sua vida. Livre-se do que não precisa e viva com leveza e suavidade.

Outro aspecto importante da história é o fato de o rei perceber que, sozinho, não poderia fazer muito. Ele precisaria de tantos cavalos velozes quantos seguidores tivesse.

Alguns de nós queremos obter vantagens, ascender individualmente, sem perceber que ou ganhamos todos juntos ou perdemos todos juntos. O rei do conto era sábio o suficiente para saber que, sem seu exército, não seria nada. Você já percebeu que, sem seus amigos, colegas de trabalho, líderes e colaboradores, não pode fazer muito sozinho?

103   Compreensão especial

Um monge se aproximou do mestre Kassan Zenne (805-881)
e disse:
— O senhor possui a compreensão especial do Zen. Por que
não a revelou a mim?
Kassan respondeu:
— Quando você foi ferver o arroz, eu não acendi o fogo?
Quando você trouxe a comida, eu não ofereci minha tigela?
Quando traí suas expectativas?
O monge se iluminou.

•

O monge, como muitas pessoas, quer receber um tratamento especial, um ensinamento especial. Acredita que a
compreensão rara do Zen deve estar em alguma cerimônia
mística ou em algum ensinamento secreto.

O mestre carinhosamente o faz perceber que estava o ensinando o tempo todo e que a compreensão especial do Zen
é a prática na vida diária. Nada extraordinário.

104 O sentido do universo

Sekito Keisho (807-888) perguntou a Dogo Enchi (769-835):
— Depois de 100 anos, se alguém perguntar sobre o signi-
ficado absoluto do universo, o que devo dizer?
Mestre Dogo chamou seu atendente e disse a ele que en-
chesse a garrafa de água. Esperou alguns instantes e então
perguntou a Sekito:
— O que foi que você me perguntou agora mesmo?
Sekito repetiu a pergunta. Então, Dogo voltou para seus
aposentos.
Nesse momento, Sekito se iluminou.

•

O monge Sekito está questionando seu mestre sobre o significado da vida e da morte. Ainda preso a conceitos intelectuais
e dualidades mentais, tem uma pergunta verdadeira.

O mestre o ignora e pede a seu atendente que encha a garrafa de água.

Estar presente no aqui e agora.

O mestre não fala, mas faz um gesto, toma uma atitude de
presença absoluta e se dirige ao monge para ver se ele enten-
deu. O monge Sekito ainda não havia compreendido e repete
a pergunta da mesma maneira. Quando o mestre se levanta
e volta aos seus aposentos, ele compreende.

Mais do que 100 mil palavras, a atitude de presença
absoluta e o direto contato com a realidade é a resposta
que ilumina.

105   A senhora e o monge

Uma senhora dera suporte a um monge, na China, por mais de 20 anos. Ela havia construído uma choupana para ele e lhe providenciava alimentos. Contavam a ela que ele sempre meditava e, um dia, querendo testar a profundidade da realização do monge, ela contratou uma jovem e disse:

— Vá até a choupana do monge e o abrace. Depois, pergunte a ele o que sente.

A jovem foi até o monge. Abraçou-o muito, fez-lhe inúmeras carícias e perguntou:

— O que o senhor vai fazer sobre isso?

E ele respondeu:

— Uma velha árvore cresce fria na rocha durante o inverno. Não há nenhum calor.

A jovem voltou e contou o que acontecera.

A senhora ficou furiosa:

— E pensar que alimentei esse monge por 20 anos! Ele não demonstrou nenhuma consideração por você, nenhuma disposição para orientá-la. Não precisava ter respondido apaixonadamente, mas deveria ter demonstrado alguma compaixão.

E, assim, a senhora expulsou o monge e queimou seu casebre.

•

Esse é um caso interessante. As pessoas comuns julgariam que o comportamento do monge fora adequado e que ele, tendo atingido níveis superiores de consciência, não se sentia estimulado pelas carícias da jovem.

O ponto principal aqui não é esse. Não é o repúdio à sexualidade e à castidade.

Uma pessoa verdadeiramente iluminada saberia orientar a jovem que fazia as vezes de tentadora. Teria sido capaz de perceber as artimanhas de sua protetora e enviado a moça de volta com uma resposta brilhante. Entretanto, tornou-se uma árvore fria e gelada na rocha. Ou seja, não tinha vida. Por isso recomendamos às pessoas que pratiquem em grupo, com uma sanga, uma comunidade.

Algumas pessoas que se fecham em choupanas distantes (ou em apartamentos no centro de uma cidade) e praticam solitárias podem sair numa tangente em vez de penetrar o Darma.

Isso não significa que o monge devesse retribuir as carícias e manter relações íntimas com a jovem. Quantos chamados mestres zen se perderam dessa maneira!

O verdadeiro Zen não é promíscuo. Pelo contrário, é vivo e ético. Mas sempre há quem decida interpretá-lo de forma a ter prazeres mundanos e pessoais ou a se manter gelado.

São essas as armadilhas do Caminho. Se ficar preso na rede, perderá suas benesses.

106   Derreta o gelo

A mestra Aoyama Roshi estava de pé, na porta do Shoin (edificação nobre, destinada ao uso de convidados especiais), despedindo-se do mestre Zengetsu Suigan, que viera dirigir um retiro zen.

Ao seu lado, a monja noviça também se despedia do mestre. Aoyama Roshi disse a ela:

— Você precisa derreter o gelo.

— A senhora derreteria o meu gelo? — perguntou a monja petulante.

E a abadessa respondeu:

— Apenas os ensinamentos de Buda podem derreter o seu gelo.

A noviça compreendeu a mestra anos depois.

•

A noviça desse caso era eu. Durante oito anos, fiquei em internato e semi-internato no Mosteiro Feminino de Nagoya.

Nossa superiora, Shundo Aoyama Roshi, me recebeu, quando cheguei, no Shoin. Não por eu ser importante, mas por não haver outro local para que eu me trocasse e me preparasse para a entrada oficial no mosteiro.

Nesse dia, ela me advertiu:

— No mosteiro, não são todas as mestras iluminadas. Somos pessoas que nos disponibilizamos a praticar os ensinamentos de Buda. Como pedras colocadas dentro de um recipiente, a prática diária nos faz esbarrar umas nas outras.

Quem ficar arredondada primeiro não será ferida nem machucará ninguém. Seja bem-vinda.

Eu me julgava redonda e macia. Que ilusão.

Em poucos meses, percebi minhas pontas e o esbarrar constante. Não apenas nas outras noviças, mas principalmente na nossa superiora. Comparava-a com Maezumi Roshi, meu mestre de ordenação em Los Angeles. Criticava o modo como era conduzida a prática no mosteiro e até mesmo a maneira como era feita a leitura dos nomes dos Budas Ancestrais — diferente do que aprendera em Los Angeles.

Quando Yogo Suigan Roshi vinha, de tempos em tempos, liderar um retiro, eu me alegrava. Ele falava inglês (com o sotaque típico dos japoneses), mas me entendia e eu o entendia. Assim, estar com ele aliviava um pouco a tensão constante do esbarrar diário.

O diálogo na porta do Shoin aconteceu numa das últimas vindas do mestre ao nosso pequenino mosteiro feminino. Eu já era sua discípula transmitida. Havia sido aceita como uma de suas sucessoras e já podia usar o manto amarelo-alaranjado das monjas transmitidas. Entretanto, Aoyama Roshi preferia que no mosteiro eu mantivesse o manto negro.

Meu relacionamento com ela não havia progredido muito. Pressentindo minha frieza, disse:

— Derreta o gelo.

Minha dureza era a de querer modificar as práticas no mosteiro, de querer seguir regras medievais que havia lido em livros antigos.

E nossa superiora sempre me dizia:

— Seja como a água, seja macia, sorria.

Hoje posso imaginar as caras que eu deveria fazer e o comportamento desrespeitoso que mantive. Como resultado desse carma prejudicial, hoje tenho discípulas e discípulos que me fazem sentir o que Aoyama Roshi deve ter sentido. É a vida, é o Darma, é o Carma.

Pois, ainda petulante e convencida de mim mesma, soltei o último desafio:

— Então, que a senhora derreta o meu gelo.

Ora, há anos ela tentava, de todas as maneiras, me mostrar o Caminho de Buda, a alegria da vida monástica, o treinamento no mosteiro feminino, que não permitia escapadas ou bebedeiras como em alguns mosteiros japoneses ou em centros de prática fora do Japão.

Nossa prática era a de criar uma disciplina possível de ser seguida a vida inteira, em qualquer templo ou centro de práticas zen. Mais valor dava nossa superiora ao coração sensível às necessidades alheias do que ao coração preocupado apenas com regras frias ou consigo mesmo.

Assim, quando ela me disse: "Os ensinamentos de Buda podem descongelar você, não eu", comecei a refletir sobre o papel de uma superiora. Não, a líder não é superpoderosa nem capaz de modificar todas as pessoas. Ela é o exemplo vivo, o Darma palpitante.

Aoyama Roshi era sempre a última a se deitar e a primeira a se levantar. Passava os dias escrevendo, atendendo pessoas, fazendo palestras, dando aulas, fazendo zazen, oficiando liturgias. Incansável. Sem jamais reclamar.

E eu, recém-formada monja, já me considerando hábil a discernir como deveria ser a vida em um mosteiro. Que arrogante.

Hoje, quando oriento um pequenino templo no bairro do Pacaembu, em São Paulo, além de outros centros de prática pelo Brasil, compreendo a frase:"Não sou eu que derreto o gelo. São os ensinamentos de Buda".

Tudo que posso fazer é transmitir os ensinamentos e orar para que as pessoas sejam capazes de ouvi-los, entendê-los e praticá-los.

107 O seu coração

Já nos seus últimos dias de vida, a abadessa Kato Roshi
(século XX) recebeu uma noviça estrangeira.
—*Escreva-me uma poesia, demonstrando sua compreensão*
do Darma — *solicitou a abadessa, no seu leito hospitalar.*
No dia seguinte, a noviça levou três poemas.
A superiora ouviu a tradução feita por outra monja japone-
sa, em silêncio, sem comentar. A noviça perguntou:
— *Como devo praticar? Quais as suas orientações?*
E a superiora disse:
— *Tudo depende do seu coração.*

•

O caractere para coração em japonês pode ser pronunciado como kokoro ou shin. Significa o coração, a mente, o espírito, a essência do ser.

Assim, quando a superiora afirmou que a prática dependia do "coração" da noviça, realmente estava colocando a responsabilidade sobre a jovem monja. Seria ela capaz de manter seu coração puro e aberto, disposto a servir e cuidar? Teria a capacidade de observar em profundidade e se entregar ao Darma de Buda?

De que servem poemas e palavras bonitas na hora de passar o pano no chão e limpar as privadas? Mais vale a presença absoluta.

Se pensar, escorrega. Se não pensar, cai.

Além do pensar e do não pensar.

Transcendendo a luz e a sombra, na quietude da mente tranquila, ser como um incensário num templo antigo.

Se e quando o coração-mente estiver livre das amarras do ego, livre do eu menor, poderá se adaptar a quaisquer circunstâncias e aprender de tudo e de todas as pessoas. Receber qualquer incenso, sem questionar sua origem e seu odor.

Entretanto, se estiver repleta de suas próprias ideias e conceitos, estará muito limitada. Irá sofrer, se angustiar e não se abrirá ao novo.

Escolhendo e selecionando, discriminando preconceituosamente, ficará presa nas amarras da rede de samsara e delusão. Onde estará o portal da libertação?

Muitas das noviças passam por várias etapas em um mosteiro zen. O entusiasmo inicial, a decepção posterior e, só na fase final, a compreensão e a gratidão.

Quem não permanece tempo suficiente em um mosteiro terá apenas uma visão superficial. Isso se aplica também a outras circunstâncias. Pode ser uma escola, um grupo de amigos, uma atividade física, o trabalho em uma empresa ou um relacionamento íntimo.

Há várias fases, e todos nos transformamos o tempo todo. A menina que entrou na escola pela primeira vez, há três semanas, já não é a mesma menina, nem a escola é a mesma. Ambas se modificaram, uma por causa da outra.

A jovem que está ficando com o jovem médico se encanta num primeiro momento e se desencanta no segundo — ele vai estar de plantão.

O idoso que iniciou atividade física e perdeu três quilos em poucos meses perceberá que já não está mais perdendo quilos. A perna dói mais ainda. Desistirá ou continuará pela saúde e pela alegria de se exercitar sem esperar nada além disso?

A empresa estável de tantos lucros e possibilidades deu férias coletivas ou foi fechada por um decreto governamental. O que fazer? Que fase é essa? Que carma é esse? Mereço? O que há de seguro e estável neste mundo?

Quando podemos fluir com a transformação incessante e desenvolver sabedoria suficiente para não ficar no passado nem ansiar pelo futuro, podemos apreciar verdadeiramente o momento presente.

E, se fizermos nosso melhor em cada instante, estaremos vivenciando cada fase da vida, do trabalho, da arte, do relacionamento com a mesma leveza de uma pluma na brisa de primavera.

Seja uma estrela e brilhe.

Um brilho discreto, simples.

Um brilho zen.

108   A verdade suprema

Joshu perguntou ao mestre Nansen:
— O que é a verdade?
Mestre Nansen respondeu:
— A mente equilibrada e constante é a verdade.
Joshu:
— Podemos obtê-la intencionalmente?
Mestre Nansen:
— Se você tiver tal intenção, a verdade o recusará.
Joshu:
— Se não houver a intenção de alcançar a verdade, como poderemos reconhecer a verdade?
Mestre Nansen:
— A verdade não pertence ao nosso reconhecimento ou não reconhecimento. Reconhecer é uma espécie de ilusão. Não reconhecer não é nem bom nem ruim.

Se realmente realizarmos a verdade da não intenção, a situação será como o espaço — que é claro, sereno e imenso. Sendo assim, como nos atreveríamos a discutir se é certo ou errado?

•

Ao ouvir essas palavras de seu mestre, Joshu subitamente realizou algo profundo.

Joshu viveu de 778 a 897, na China. Tornou-se um dos grandes mestres zen de sua época. Era discípulo de Nansen Fugan, como revela o diálogo acima.

Contam os relatos históricos que viveu até os 120 anos com saúde e disposição perfeitas. Alimentava-se das árvores e cosia suas roupas com tecidos rústicos. Mantinha firmemente seus deveres monásticos. No caso acima, ele ainda é um praticante, como tantos outros, questionando sobre a verdade suprema.

O que é a verdade?

Seu mestre, Nansen, responde que a nossa mente em constante equilíbrio é a manifestação da verdade suprema.

Joshu, como muitos dos praticantes de hoje, pergunta se pode obtê-la intencionalmente, se poderá reconhecê-la ao encontrá-la.

Mestre Nansen nega. A intenção de alcançar a verdade é produto do intelecto. A verdade está em todo o ser, não apenas no intelecto — logo, este não pode ser o medidor da verdade.

Muitas pessoas iniciam sua prática com essa intenção. Querem obter a maravilhosa iluminação, a verdade suprema de que tanto ouviram falar ou a respeito da qual leram.

Quando iniciei minhas práticas de zazen, em Los Angeles, meus orientadores sugeriam que eu não perdesse tempo lendo muito sobre o Zen, a fim de não criar ideais e, consequentemente, obstáculos para a experiência. Assim o fiz.

Sentava-me nos longos retiros, sem grandes expectativas. O que surgisse era parte da experiência. Permiti que minha mente vagasse desde o passado mais remoto ao presente. Percebi que tudo o que acontecera fora necessário para eu chegar àquela almofada de zazen, ao momento de compreensão da extraordinária trama da existência. Deixei de resmungar e de reclamar do passado e do presente. Passei a apreciar minha existência.

Como dizia minha mestra nessa época, Charlotte Joko Beck, a prática é apenas a prática, sem ser maculada por quaisquer outros pensamentos, mesmo os belos e nobres.

A ideia de obter a verdade é apenas uma ideia flutuando em nosso cérebro. Na prática, a ideia é rapidamente substituída pela sensação de que nossas pernas ou nossas costas estão ardendo. Nos retiros zen, depois de um dia todo na postura de lótus, meio-lótus ou mesmo no banquinho ou em uma cadeira, inevitavelmente o corpo sentirá algum (ou muito) desconforto.

Diferentemente de outras práticas que sugerem mudar de posição, no Zen permanecemos em contato com o desconforto e não nos movemos. Estabilidade e permanência.

Claro que temos de procurar uma postura confortável para que possamos ficar sentados durante os 30 ou 45 minutos de cada período, intercalado pelos dez de meditação caminhando. Entretanto, conforme repetimos e repetimos, o que era confortável pode deixar de ser.

A experiência da dor nos faz perceber que o mundo não é apenas a mente pensante. Aprendemos por meio de todo o corpo-mente, penetramos o estado balanceado e constante do corpo-mente. Quando isso acontece, a ideia de obter a iluminação parece um sonho infantil.

Ao praticar a realidade, experimentamos a realidade.

Nessa entrega, confiando nos ensinamentos ancestrais, penetramos a verdade clara e imensa — deixamos de lado o pensamento de obter ou não obter. Presenciamos, nos tornamos.

Apenas quando abandonamos nossas ideias e intenções mentais, iniciamos a prática verdadeira.

A verdadeira prática é zazen.

Este livro foi composto em Linotype Centennial e impresso pela Intergraf
para a Editora Planeta do Brasil em abril de 2017.